CB067540

NOS

*Este livro teve apoio da Edith, na figura de
Marcelino Freire, a quem seremos eternamente gratos.*

Se deus me chamar não vou

Mariana Salomão Carrara

A queda

As palavras
faltam
quando mais
se precisa
delas
são apenas
a sombrinha
do equilibrista
ajudam
talvez
mas não salvam
faltam
quando mais
se precisa delas
se você cair
de uma grande altura
por mais bonita
que seja a sua sombrinha
não conte com ela
para amortecer
a queda

ANA MARTINS MARQUES

Querido Homem-aranha,
meu nome é Maria Carmem (Carmem com m) e eu não tenho superpoderes.

Eu tenho um pouco de pena de você porque seu tio morreu por culpa sua e odeio quando uma coisa ruim é culpa minha, tipo quando meus pais não puderam ir na festa de ano-novo porque eu tomei chuva e tive pneumonia.

Acho que se um bicho fosse me morder pra eu virar super-heroína eu nunca ia escolher aranha. A aranha tem muitas pernas e é sozinha demais lá em cima na teia tanto tempo esperando alguém aparecer. E, quando um inseto finalmente gruda ali, ela passa uns minutos olhando, imaginando como seria viver com ele.

Daí ela mata o visitante. Uma vez numa viagem eu vi uma aranha comendo um vaga-lume que não parava de piscar. Ele já devia estar sem as asas e sem as perninhas e mesmo assim ficava acendendo no canto do teto. Achei a aranha tão cruel, espero que você mate os seus vilões muito mais depressa.

Será que o vaga-lume pisca de dor? Se eu pudesse brilhar de dor eu seria um escândalo.

Você corre tão rápido, na aula de educação física a professora disse que eu não tenho fôlego. Sabe, Homem-aranha, se um dia você precisasse descer de um edifício pendurado na teia comigo nos braços acho que você não ia aguentar, ou a teia ia arrebentar, porque eu tenho muito tamanho, meus colegas me mandam tirar a cabeça da frente da lousa.

Acho que eu escolheria uma águia, em vez de aranha, assim não precisaria escalar os prédios, eu subiria voando e enxergaria os criminosos lá de cima com os meus olhos incríveis, depois eu rasgaria os inimigos com o meu bico.

Mas talvez se uma águia me mordesse como eu tenho muito tamanho ela não desse conta de me transformar em Mulher-águia, e eu viraria a Menina-pomba, e os pais iam afastar as crianças que tentassem me dar milho, eles iam dizer que eu passo doença.

Talvez seja melhor eu escolher coruja, assim minha mãe ia me deixar sair à noite.

Se eu tivesse os seus poderes eu jogaria teia de aranha no cabelo dos meus colegas. Apesar que na verdade eles ficariam apertando o botão do meu pulso e forçando meu braço pra trás pra jogar muita teia no meu olho e na minha boca.

Eu queria saber como você faz pra perceber quem são os vilões, porque a aranha não sabe, ela mata até mesmo o vaga-lume que pisca de dor e tem uma luz tão bonita, e como é que você descobre que uma pessoa precisa ser salva no outro bairro, queria saber se você tem contato com deus.

Porque mesmo deus, que às vezes nem existe, ele não sabe muito bem quando as pessoas estão caindo ou sequestradas, ou talvez ele só consiga prestar atenção em um bairro de cada vez. Talvez deus, se ele existir, devesse enviar outros insetos mágicos que iam morder outras pessoas e fazer mais heróis, assim nenhum bairro ficava desprotegido.

Se eu tivesse os seus poderes, no recreio, em vez de ficar sentada tentando arrancar as pedrinhas do chão do pátio, eu ia fazer várias teias de aranha no teto, ia tentar jogar minha teia cada vez mais alto, também no teto da capela da escola e até no menino jesus, e eu faria teias até mesmo em cima das aranhas de verdade pra elas verem que o meu material é melhor, a escola ia ficar inteira coberta com as minhas teias, o sino nem ia mais conseguir bater e a gente ia ficar pra sempre na aula de redação, que é a minha preferida.

Sabe, Homem-aranha, eu preferia fazer a carta para o Super-homem, porque ele é imortal e eu queria perguntar pra ele como é isso de saber que nunca vai morrer, eu preferia esse poder, de nunca morrer, além de voar, mas a professora me sorteou você, e tudo bem, as teias são ótimas.

Eu e você podíamos chamar muitos vaga-lumes pra grudarem numa teia gigante e à noite a gente ficava olhando o pisca-pisca que ia parecer um céu cheio de estrelas muito, muito perto, mas sem nenhuma aranha comendo a luz, não teria nenhuma dor, nenhum inimigo, e então a gente olharia as luzes a noite inteira, as estrelinhas-lume embaçando no olho, até parecer que estávamos voando muito alto, mais ou menos como o Super-homem, e pensaríamos que somos imortais, que nosso coração não pode mais parar de repente, e então eu teria a minha resposta mesmo tendo feito esta carta pra você, e não pro Super-homem, porque é assim que ele se sente, agora eu sei, todo eterno.

Maria Carmem Rosário, 6º ano A

UM

Esta é a história deste ano, deste meu ano, não do ano de todo mundo, porque cada um está tendo um ano todo seu e eu só posso contar a história do ano que é meu. A não ser quando eu for escritora, aí sim vou poder contar a história do ano dos outros.

Minha professora falou que eu escrevo muito bem, que ela nunca viu nada igual, depois corrigiu, nada igual na minha idade. Eu nem sabia que era possível escrever mal, pensava que ou se sabia escrever, ou não. Então ela me disse que um dia eu serei escritora, o que me deixou muito chateada. Perguntei se isso queria dizer que eu não podia mais escrever até que eu fosse escritora. Ela ficou me olhando, no começo parecia distraída, depois pegou minha mão e, assim como se fosse uma de nós brincando de professora, falou, com grandes movimentos na boca, que muito pelo contrário, Maria Carmem! Que eu devia continuar praticando muito, muito mesmo, e só assim eu seria escritora.

Talvez ser escritora não fosse só escrever, mas escrever muito bem. Ou pelo menos escrever muito, igual uma corredora. Não é porque de vez em quando eu corro atrás de um ônibus que eu sou corredora.

Daí isso me pareceu um pouco injusto, porque meus pais viraram vendedores a partir do primeiro dia que resolveram tocar a loja da vovó e começar a vender coisas. Aliás, desconfio que até mesmo antes disso já fossem vendedores, porque eles falam muito sobre os papéis, os papéis da loja, e sem os papéis não podem vender nada, então penso que existe um papel que você assina ou compra na prefeitura – tudo na vida é produzido pela prefeitura, eles são ótimos, e a minha professora também é ótima, ela quem me ensinou a usar esses travessões no meio das frases, embora ela diga que eu uso excessivamente, mas eu gosto demais, parecem desvios de tema pra testar se o leitor está interessado mesmo no assunto – enfim, existe um papel que transforma a pessoa em vendedora, e eu tenho certeza que meus pais assinaram isso antes de assumir a loja e vender qualquer objeto porque meus pais são muito honestos e legalizados – a professora pediu para trocar legalizados por legais, mas não quero; ela também me manda colocar vírgulas antes de qualquer "mas" mas eu expliquei pra ela que essas vírgulas que a gente não sente dão vontade de parar de escrever.

Eu não tenho ainda um papel de escritora, mas achei que este ano está sendo um ano que merece estar num livro, e, como o ano é meu, pode muito bem estar num livro meu. Esse ano acaba sendo também dos meus pais, porque na minha idade as coisas costumam ser todas deles. Minha mesmo só a prisão de ventre, que às vezes parece que tem vida própria e que sou eu que pertenço a ela.

Não sei em que momentos encerrar capítulos. Cada vez que eu precisar sair do computador, tipo para tomar banho, comer ou ir para a escola, vou encerrar um capítulo. Assim os capítulos do livro vão ficar parecidos com os capítulos da vida de verdade.

DOIS

Eu completava 11 anos esquecida bem no meio de janeiro – o que quer dizer que talvez eu faça doze anos enquanto escrevo esse livro* –, ajudando minha mãe na loja de velhos. Gosto de chamar de Loja de Velhos porque parece que vendemos velhos.

Com o tempo, comecei a acreditar que isso é verdade, porque os velhinhos precisam de uma porção de coisas que já fazem parte do nosso corpo, e parece que, peça por peça, estamos vendendo velhinhos inteiros. As pessoas vão lá e pedem coisas que eu nem imaginava que alguém poderia precisar, e eu vou procurar lá em cima, em caixas com etiquetas mais ou menos em ordem alfabética. Às vezes volto para confirmar, peço para soletrarem, e acontece de simplesmente não ter, e minha mãe fica com um pouco de raiva do cliente, como se fosse culpa dele que um parente precisasse de uma coisa tão absurda.

Meu aniversário caiu na terceira segunda-feira do ano. Eu li na internet que esse é o dia mais triste do ano. Todos sérios nas ruas lamentando o calor, a semana, o ano que começa, já sem qualquer esperança

---

* Sim! Estou relendo e corrigindo e já fiz doze anos e meio. Livro é uma coisa que demora.

de Natal, ou promessa de ano-novo, e ainda longe do carnaval.

Minha mãe passou o dia sentada na frente do ventilador, abrindo e fechando um livro que eu emprestei e ela adiava desde o ano anterior, e mexendo num cacho do cabelo da frente que ela gosta de enfiar por dentro do brinco gigante de argola. Quase nenhum cliente veio, e os poucos que apareceram buscaram coisas que não tínhamos, ou não gostaram da minha explicação sobre o andador dobrável – nosso funcionário sempre tira férias em janeiro, já que eu posso ficar pra ajudar.

Eu não quero nunca precisar das coisas que a gente vende, e de vez em quando sentia que podia ser uma maldição: de tanto ganhar dinheiro – aparentemente, não muito dinheiro – com as coisas que os velhos precisam – em vez de doar para a caridade –, vamos precisar um dia de tudo isso e ninguém vai dar.

Antes de começar a ajudar na loja, eu achava que meus pais eram velhíssimos. Daí entendi que não, e depois percebi que são mais jovens que os pais dos meus colegas, muito mais jovens. Acho que tiveram pressa em me ganhar, deviam estar muito ansiosos. Mas agora não parecem tão entusiasmados assim, às vezes eles não têm muito o que me dizer.

Acho que meus pais começaram esse ano muito frustrados, minha mãe me explicou que é culpa dos Planos. Brincou que os Planos são uns moços muito bonitos que ficam caminhando em volta da cabeça dos jovens e vão sumindo bem devagar, ninguém percebe, e a pessoa acorda um dia que nem minha mãe com muita saudade deles, mas não tem mais nada, os Planos todos desapareceram e ninguém sabe dizer exatamente quando.

E meu pai ouviu e completou que os Planos são inimigos das Noites, essas sim umas malditas, ligam música alta, trazem muita bebida, e os Planos não conseguem se organizar com toda essa barulheira e vão indo embora, pra alguma cabeça onde eles possam ficar pensando. Minha mãe riu, mas depois disse que ele estava simplificando tudo. E era de noite, e eles saíram. Estavam muito bonitos, talvez mais bonitos que os Planos.

Algumas noites, ou minha mãe ou meu pai passam um tempo me olhando, e eu acho que estão procurando alguma coisa pra conversar comigo. E então finalmente fazem algum comentário crítico sobre o meu cabelo ou minha roupa, eles se incomodam com quase tudo em mim. Ou eu acho que se incomodam.

Esse ano eu descobri que sou gorda. Ou pelo menos um pouco gorda. Nunca tinha verdadeiramente me dado conta disso, só ia pondo roupas largas e achava que desse jeito ninguém ia perceber, e não tinha importância. Só que eu fui fantasiada de Branca de Neve pra uma peça da escola, e um colega me disse que essa princesa estava muito gordinha. E dentuça. Descobri isso também, o problema com os dentes.

Passei a sorrir nas fotos com os lábios fechados, e o resultado é que nenhuma foto deste ano faz o menor sentido.

Resolvi fazer uma semana de regime. Achei que seria suficiente, e economizaria muito dinheiro. A lembrança que eu tenho dessa semana é de dor e cheiro de fome. Eu sentia meu próprio hálito de vazio. É o cheiro de coisas antigas sozinhas no estômago esperando a chegada das novas comidas. Meu intestino – que é bastante tímido e no meio do ano revelou seu poder de vingança – ficou praticamente imóvel de tão pouca comida que chegava.

No recreio, vivia de migalhas que sobravam das colegas que não tinham fome – meu maior desejo, para além de me tornar escritora, passou a ser me tornar essas meninas –, e guardava o dinheiro do lanche num novo fundo de investimentos que eu mais tarde gastaria numa roupa pequena e elegante que finalmente coubesse em mim e agradasse aos meus pais.

Na sexta-feira, ao sair do colégio, eu fui tomada por uma força invencível, era algo poderosíssimo que vinha por trás da orelha e girava as asas dentro da minha boca produzindo saliva, muita saliva. O fundo de investimento ainda estava na mochila e eu ponderei – se é que foi possível qualquer ponderação contra o crocodilo vampiro que me dominava – que não seria possível engordar o que emagreci em cinco dias se eu comesse muita coisa tudo de uma vez num dia só.

Voltei para casa levando na mochila um hambúrguer dentro de uma embalagem de isopor que ia fazendo um rangido sinistro conforme eu caminhava, um barulho que eu associei para sempre ao som da derrota. Acabou que era o hambúrguer mais caro e mais sensacional que eu já tinha experimentado, queijos que eu nem sabia que eram queijos, pão muito chique, uma carne muito grossa desmanchando em verduras que, pela primeira vez, não tirei, e que faziam meu sanduíche parecer muito saudável.

Desde então não só fui incapaz de tentar novas dietas, como fiquei muito mais exigente com os lanches. Tudo isso só trouxe insatisfação, incluindo uma triste pesquisa no google-imagens por "princesas gordinhas". Também em inglês.

Eu pareço bem mais velha do que eu sou, porque sou muito alta e tenho peso, então as pessoas concluem que eu tive mais tempo para crescer e engordar e, por isso, só posso ser mais velha. Daí a idade que pensam que eu tenho não combina nada com a roupa que eu uso, e com a minha voz e as minhas perguntas. Acho que isso deixa a minha mãe com vergonha porque a todo instante ela me apresenta dizendo que eu só tenho 11 anos, veja bem, só tenho tamanho.

Daí fico um tempo pensando que só tenho isso mesmo, tamanho. Muito tamanho. Era meu aniversário, no dia mais triste do ano, a loja quente, eu só tinha tamanho, não tínhamos garfo flexível com engrossador pro pai do cliente parado ali, e eu procurava uma posição na banqueta em que meus pés não alcançassem o chão, porque é assim que as coisas deviam ser na minha idade.

E de repente tudo ficou ainda mais triste quando descobri que era possível que alguém precisasse de meias térmicas resistentes a micro-ondas – que também não tínhamos – nessa tarde em que a minha mãe sufocava na frente do ventilador.

TRÊS

Tudo começou nesse meu aniversário, no dia mais triste do ano, logo depois de fechar a loja. Minha mãe ligou a televisão num daqueles programas que nenhum dos dois gosta mas ficam mais ou menos assistindo e interrompendo pra lamentar como é ruim. Eu terminava de arrumar a mesa pra minha festa, que era um bolo de padaria só para nós três, e de abacaxi – o que só reforça o tamanho da tristeza desse dia.

Meu pai veio lá da cozinha abrindo um vinho, e me sorriu erguendo a garrafa como se com isso ele mostrasse que era um dia para se comemorar, ainda que o vinho não fosse pra mim e tivessem esquecido minha coca-cola. O gato do vizinho, que volta e meia aparecia não sei como na minha sala, e que nunca me amou, ameaçava fincar as unhas nas bordas da toalha da mesa e puxar, então eu me dedicava a dobrar cada ponta e prender embaixo dos pratos.

Chamei atenção para a televisão, que tinha ficado ali baixinho no canal insignificante, talvez pra gente sentir umas vozes povoando o aniversário. Sentamos os três no sofá e aumentamos o volume. Um jovem – alguém que eu finalmente identifico como tendo mais ou menos a idade dos meus pais – era entrevistado ao lado de alguns velhinhos, e falava sobre o trabalho dele.

Enquanto nós tentávamos desesperadamente vender velhos, esse moço estudava tudo que um velho podia precisar, e fabricava, eu acho, ou encontrava quem fabricasse. Tudo com ares de cuidado especial, amor, dedicação, paixão, no lugar de idoso ele dizia vovô, como se todo velho fosse avô, e na verdade acho que todos são.

Eu corri para pegar um caderninho, embora meus pais tentassem fingir desinteresse. Anotei Pós-graduação em Gerontologia Integrativa, Gestão Gerontológica, Marketing Gerontológico, Design Gerontológico, meus deus, eles criam de tudo, esse pessoal da prefeitura é demais. E o mais importante, anotei o e-mail do moço, já que ele comentou que trabalhava também em consultoria para lojas especializadas, e fazia conexões com as marcas mais atuais e importadores mais antenados com as necessidades dos vovôs – isso tudo eu anotei.

Eu fazia 11 anos e entendi que dali em diante só precisaria de mais e mais coisas, e que um dia alguém mais novo que eu teria de estudar e investigar e até inventar objetos que me ajudassem a continuar fazendo as coisinhas de sempre. E que a nossa loja era isso, era um cuidado, não era uma maldição que um dia causaria nossa ruína, nem um abuso nem uma extorsão do dinheiro de velhinhos.

Eu precisava salvar a loja, ainda que fosse no dia mais triste do ano. Todo fim de ano eu sentia que parecia ainda mais com aquelas lojas minúsculas de filmes de Natal, de madeiras que rangem, em que um senhor parecido com o Gepeto do Pinóquio tenta vender antiguidades, e que têm um sininho na porta que toca muito raramente quando um cliente entra, daí pergunta onde pode encontrar cigarros por ali, e o velho mais ou menos Gepeto fica triste, mas ninguém sabe que o Gepeto é o próprio Papai Noel ou uma das antiguidades é uma lâmpada mágica. As meias antitrombóticas poderiam ser meias de Natal para pôr na lareira, mas de toda forma ninguém tem lareira aqui.

Depois do bolo de abacaxi com um Parabéns que meu pai um pouco bêbado insistiu em cantar, os dois discutiram muito sobre a loja. Costumava ser assim sempre que começavam a enxergar uma solução, porque pensar numa solução era reconhecer que as coisas iam muito mal, e eles revezavam no papel daquele que nega a existência da crise. Naquela noite era minha mãe.

Ela achou o homem teatral e cheio-de-estudos, duas coisas que eu até então pensava que eram boas. O pai dizia que era por isso que a gente afundava, desatualizados, deixando faltar material, sem nada de novo para sugerir a quem precisa de alguma coisa que não sabe o que é. Precisamos de um profissional orientando as pessoas, não sua filha, ele disse. Eu sempre viro filha apenas do outro quando gero algum desgosto.

Isso também descobri naquela noite, que é possível ter uma necessidade sem que se saiba qual é. Tipo um velhinho que não consegue mais mastigar e fosse na nossa loja e aprendesse que precisa de dentes.

Agora, quase no último trimestre, penso aquilo que eu tentei pensar naquela noite e não consegui – ou *precisava* pensar e nem sabia. Que essa história de viver vendendo coisas que os velhos precisam não faz bem pra quem ainda não entende quanto tempo falta pra ser a nossa vez, pra nossa casa estar cheia de andadores, assentos altos para privada, antiderrapantes.

Especialmente porque todos na loja e no prédio comentam que o tempo passa muito rápido, quando vai ver, já passou. Eu acho que passa muito devagar, ainda mais quando estou com fome, mas eles que sabem, os adultos, já entenderam tudo, e se eles dizem que passa rápido eu acredito. E tenho muito medo.

QUATRO

Percebi que já sei encerrar os capítulos. Eles encerram sozinhos, eles acham a hora deles. Desse jeito, são os capítulos que estão controlando as minhas coisinhas diárias, tipo xixi, banho, comida. Só não controlam a escola, isso só quando eu for escritora e o livro for mais importante que a escola.

Falei pra professora e ela disse que isso é fascinante. Essas palavras fortes que ela escolhe me fazem pensar que a minha mãe a descreveria como teatral e cheia de estudos, e que eu não poderia escrever isso aqui já que a professora está lendo tudo e ajudando, mas não tem problema porque essas duas palavras ainda parecem coisas boas pra mim.

Talvez seja assim com os velhinhos também, como os capítulos. Ninguém precisa decidir que certa parte da vida acabou. O corpo sente sozinho que não dá mais pra andar sem ajuda de alguma coisa que vendem na loja de velhos, e então, naturalmente, alguém vai lá e compra, e começamos um novo capítulo da vida. Vai ver é assim, e nem assusta tanto.

Na escola meus colegas não precisam de muita coisa, eles correm bastante. As meninas são quase todas pequenas e delicadas. Algumas têm namorados na sala de aula, e ficam dando as mãos. Às vezes acho que dão as mãos só para mostrar aos outros, e quando apenas eu estou olhando chego a me sentir importante. Estão dando as mãos para me impressionar.

E impressiona, porque isso é o tipo de coisa que nunca vai acontecer comigo. Existem as pessoas com quem essas coisas acontecem, e aquelas que não nasceram pra isso, nasceram para ser escritoras ou vendedoras de velhos ou as duas coisas. O que é muito grave porque nunca vou conseguir impressionar ninguém da minha sala, já que eles não leem, nem compram nada na Loja de Velhos.

Às vezes fico imaginando que alguns deles aparecem lá para comprar alguma coisa muito importante para o avô, e sou eu que atendo, e mostro todos os produtos, explico como usa cada coisa, indico a melhor marca, e como conservar, e como ajudar o velhinho a não sentir tanta dor ao colocar, depois sento na banqueta para fazer a notinha fiscal, e usar a calculadora bem na frente deles, e de um jeito que meus pés não toquem o chão e eu pareça pequena, e eles saiam de lá muito impressionados.

Meus pais brigam muito mas se amam exageradamente, nenhum poderia viver sem o outro. Talvez seja igual aos objetos dos velhos, cada um tinha uma necessidade que não sabia bem o que era e o outro veio preencher. Isso me irrita porque é como se meus colegas estivessem dando as mãos na minha frente pra me impressionar o tempo todo, dentro da minha casa, nas viagens, na loja.

Minha mãe diz que quando eu for mais velha todos esses colegas que eu hoje admiro vão me causar pena e eu vou rir dessa minha inveja. Mas quando eu for mais velha vou precisar de fraldas e andadores e meias de compressão, então essa risada não vai valer de muita coisa.

Acho que existem crianças mais solitárias que os velhos.

CINCO

Prezado Senhor Leonardo Delgado

Temos uma loja de velhos e eu gostaria muito que nos ajudasse a melhorá-la, temos muito interesse nos seus produtos de Gerontologia Integrativa, Gestão Gerontológica, Marketing Gerontológico, Design Gerontológico, que o senhor falou na televisão.
Será que poderíamos marcar uma visita?

Atenciosamente,
Família Rosário

SEIS

Eu não contei a ninguém que tinha mandado o e-mail, e fiquei desesperada quando ele respondeu, quase uma semana depois. Percebi que meu e-mail tinha minha foto numa espécie de perfil, ou algo assim, e ficou muito claro que eu era meio criança. Também ficou claro que Leonardo Delgado tentou disfarçar isso, mas sua habilidade era muito maior com velhos.

Terminava o e-mail dizendo que teria muito prazer em nos ajudar, que bastava que meus pais preenchessem uma ficha anexa e ele telefonaria assim que possível para "estudar as melhores possibilidades para o nosso negócio".

Apoiei o celular na cabeceira e fiquei um tempo olhando as estrelinhas de neon do teto do meu quarto, pensando se eu levaria uma bronca grande ou pequena. Concluí que no máximo seria humilhada, e repetiriam que eu só tenho tamanho, o que eu já sabia, muito tamanho.

Levantei e fui até a cozinha. Poderia escrever que meus pais estavam ali tomando café da manhã juntos, porque era domingo, mas é o meu livro e enquanto eu não for escritora sou obrigada a dar minha própria versão das coisas. Meu pai estava ali, como sempre amando minha mãe daquele jeito como nenhum homem jamais me amará em toda a minha vida, e eu apareci, feito um bloco de solidão, que é a minha consistência.

Eles me estenderam o pão e a manteiga, como se isso pudesse resolver, ainda que fosse mesmo ótimo. Depois de mil voltas no assunto, contei do Leonardo Delgado, e me enrolei tanto que a coisa ficou muito mais sinistra, eles acharam que eu estava mantendo contatos virtuais com ele me passando por minha mãe, e que eu andava divulgando por aí que a loja estava indo mal, o que nem seria verdade dessa vez, segundo meu pai.

Depois dos quinze minutos que o computador demora pra ligar, ficamos os três olhando a tela, variando entre o meu e-mail e o dele, até minha mãe clicar no anexo, comentando que poderia ser vírus, e se espantar com a vastidão da ficha que devíamos preencher. Meu pai chamou de Detalhes Gerontológicos. Ela riu. Ele fez um carinho no cabelo dela, do jeito que nenhum homem jamais fará em mim. Depois imprimiu a ficha pra ler com calma no banheiro.

Uma das perguntas iniciais era Por que você quis ter uma loja voltada para idosos e doentes. Meus pais responderam que herdaram da minha avó. Depois vieram me chamar pra pensar em alguma coisa. Sentei diante do computador, os dois atrás de mim olhando a tela. Era uma sensação boa, embora arriscada, porque assim ao vivo eu tinha de acertar de primeira.

Uma loja especializada para pessoas que precisam de tantos cuidados é um comércio afetivo.

Eles acharam ótimo. Pedi um biscoito, e fui preenchendo o resto. Como é a vizinhança da loja. Bem jovem, e talvez esse seja o nosso maior problema, mas em seguida um asterisco conduzia ao fim da folha em que ele pedia que não desanimássemos com nada disso, porque clientes jovens precisam de coisas para seus pais e avós. Era demais o quanto esse cara conversava com a gente, eu sentia que se eu perguntasse alguma coisa lá do meu quarto ele mandaria um e-mail respondendo.

A vizinhança da loja, e portanto a do nosso apartamento também, atende a todo tipo de necessidade especial, principalmente para quem precisa de prostitutas e para quem é prostituta e precisa de coisas que prostitutas usam. Mas a isso Leonardo também responderia que prostitutas envelhecem ou têm avós. Mas eu acho que muitas prostitutas já abandonaram seus avós. Não, na verdade, elas é que foram abandonadas por eles muito antes. E elas devem morrer muito cedo porque eu nunca vi uma prostituta velhinha parada ali na esquina.

Todo dia passo em frente a uma loja de botas e roupas para elas. Tem uma bota branca muito alta que tem praticamente o comprimento da minha perna, mas é provável que não caiba na coxa. Ela é de verniz e é maravilhosa. Às vezes eu imagino que eu junto muito dinheiro e compro essa bota, e também um dos vestidos da mesma loja, bem curto, e prendo o cabelo tipo as atrizes de filme da tarde, com brincos de argola iguais aos da minha mãe, e fico atrás do balcão da Loja de Velhos, e quando meus colegas vão lá comprar coisas pros seus avós eu saio lá de trás e caminho lentamente nas botas até o centro da loja, e começa a tocar *Livin' La Vida Loca*, que é a música que minha mãe dança muito bonito com meu pai na sala quando os amigos deles vão lá, e eu faço uns passos de ginástica olímpica que vão saindo bem fácil de mim, e assim que a música acaba eu começo a apresentar os produtos e meus colegas estão impressionadíssimos.

Quando eu era um pouco mais nova perguntei pra minha mãe por que ela não se vestia que nem essas moças sempre paradas perto da nossa casa, com essas roupas bonitas e aqueles sapatos muito altos e brilhantes, minha mãe não usa nada brilhante, e até as tatuagens dela têm poucas cores. Ela riu e me respondeu que aquelas moças estavam trabalhando, e me explicou que o que ela e o papai faziam por amor elas tinham que fazer com os homens como trabalho, recebendo dinheiro. Eu fiquei pensando que então tinha uma esperança pra mim, se eu nunca fosse amada eu poderia contratar alguém pra isso. Hoje que eu já entendo melhor eu continuo querendo pelo menos a bota branca.

Passamos o domingo todo preenchendo a ficha, e depois que enviamos ficou uma sensação de que tudo estava resolvido, como se a ficha fosse terapêutica só por organizar em tabela a nossa quase falência.

Papai comprou uns salames e cervejas e chamaram uns amigos sem filhos. Quando é assim eu fico ainda mais no quarto com vergonha porque fica muito evidente, pra todo mundo, que eu não tenho ninguém pra mim.

SETE

Era o primeiro dia de aula e eu estava mais ansiosa com a visita do Leonardo Delgado do que com os três ou quatro nomes novos na turma, sempre uma menina bonita demais e uns moleques com cara de ruins, manias com bonés e tênis largos. Nunca vou compreender a ideia de um tênis largo.

Minha mãe estava sentada na cama tentando consertar um despertador, como se o Leonardo não tivesse a menor importância. Meu pai tinha chegado mais cedo do serviço e arrumava a sala, bem nervoso, escondendo bagunças atrás de potes e revistas. Perguntou se eu tinha gostado da turma nova e eu disse que sim, eu sempre tenho de gostar da turma nova, já que a escola custa igual ao plano de saúde da família inteira e eu não posso ficar reclamando. Tinha um folheto de pizzaria em cima da mesinha, e saquei que meus pais não tinham a menor ideia de como ia ser essa visita técnica.

Desde que eu descobri que sou gorda, parei um pouco de tentar ser sensual com todos os homens novos da nossa vida, o que deve ter sido mais confortável para o Leonardo. Ele entrou com um sorriso bem menor que o da televisão, comentou do calor e foi tirando um paletó que a minha mãe chamou de blazer, e a camisa dele estava suada. Ele aceitou uma cerveja, que meu pai achava que ele não ia aceitar e nem tinha colocado tantas pra gelar. Leonardo aceitou todas as coisas oferecidas e a noite não terminava nunca.

Ele me falou que eu fiz muito bem em enviar o e-mail e que ele gostou das nossas respostas. Dai ficou revendo uma por uma, como se fosse uma entrevista, e acho que era. Ele tinha o cabelo preto cacheado e a barba um pouco grande, parecia forte, os cílios eram longos que nem eu queria que os meus fossem, a boca grossa, o dente bonitinho que nem o meu vai ser depois que a loja melhorar e tivermos dinheiro pro meu aparelho. Falou que a vizinhança é bacana pra loja, sim, porque tem pouca oferta.

Eu pensei que oferta fosse promoção, fiquei pensando que ele estava errado, aqui tinha promoção de tudo o tempo todo. Depois minha mãe me explicou.

Eles pediram pizza, o que eu tinha duvidado que fosse acontecer. Leonardo explicava uma porção de coisas de mercado e gerontologia, e ele fazia parecer tão legal ter uma loja como a nossa que acho que meus pais estavam de fato interessados. Mostrou muita foto de produto novo e uns milagres que a internet poderia fazer por nós. Fiquei o tempo todo na sala esperando que ele falasse sobre valores, eu queria saber quanto poderia sair essa pizza. Era injusto passar tanto tempo ali sendo tão bonito e revolucionário e depois dizer que vai cobrar um milhão de dólares.

Eu acabei indo dormir antes de o Leonardo dar qualquer sinal de que ia embora. Minha mãe tinha entrado um pouco no quarto dela, e voltado com o cabelo de um jeito legal, e meio perfumada. Eu notei e ela ficou com vergonha, depois riu. O pai falava com ele sobre o cinema antigo que tinha fechado e reabriu ali perto, falou que o horário da loja é bom porque fecha um pouco antes da sessão das sete.

OITO

Esse ano na sala chegou um menino que chama Carlos. Colocaram o Carlos sentado lá no fundo, do meu lado, provavelmente porque ele também é alto – não tanto quanto eu, porque não existe, mas ele tem um cabelo grande – e ocupa toda a visão. É muito desagradável ser uma criança que ocupa toda a visão.

Carlos é um nome de seis letras, igual Carmem. E as três primeiras letras são iguais às minhas, e significam carro, em inglês. O que quer dizer que vamos nos casar e até ter um carro juntos, que meus pais não têm, porque eles dizem que não gostam, mas eu sei que é porque é caro e não temos garagem.

Eu vou dirigir o nosso carro até a praia e ele vai ligar o rádio. Vai tocar *Livin' La Vida Loca* e eu vou encostar o carro de repente na beira, descer e dançar a coreografia certa igual minha mãe faz e ele vai ficar olhando pela janela. Mas antes disso, talvez semana que vem, o Carlos vai precisar comprar aparelho de infravermelho pro avô dele e eu vou explicar direitinho como usa, e minha mãe estará lá nos fundos no banheiro, e eu vou dizer que controlo a loja totalmente sozinha.

Eu ainda não tinha conhecido o Carlos muito bem, porque era mais ou menos começo do ano, mas ele foi o primeiro menino legal que existiu. Ele era bom mesmo, bom de um jeito que os meninos não sabem ser. Ele levava caixinha de suco pro lanche, mas às vezes ele não conseguia esperar até o intervalo, e eu sentia cheiro de laranja na aula. Daí toda vez que alguém tem uma laranja eu penso no Carlos.

Ele tem uns cachos grandes e não deixa a mãe cortar. Escuta umas músicas no fone de ouvido, músicas bem antigas, que parecem de dançar. Antes de a gente conversar pela primeira vez, ele me deixou ouvir um pouco junto com ele, enquanto o professor demorava. Eu tentei pôr a mão no lápis em cima da mesa dele, como se fosse uma distração, pra ver se ele punha a mão em cima, mas ele ficou olhando o aparelhinho e procurando a próxima música.

O Carlos não gosta de futebol, anda devagar pelo corredor, fala comigo, não fica brincando de dar soco nos outros, e toma banho antes da escola, porque o cabelo está sempre molhado. Ele era definitivamente o melhor menino que existiu.

Um dia ele estava lendo um livro antes de começar a aula. Eu olhei a capa e não era livro obrigatório, nem era de vampiro. Depois ele me emprestou e era muito bom, sobre uma droga que os estudantes consumiram e ficavam obedecendo, feito robôs, e alguns alunos tinham de salvar todo o resto. Nesse grupo de heróis tinha uma menina, e ela namorava um deles.

Eu queria dizer pro Carlos que a gente era parecido com eles, mas eu não dizia quase nada pra ele. Eu só ficava copiando a lousa imaginando que ele estava me olhando, mas não sei se estava.

Eu conversei com deus e fiz um arranjado. Se até o fim do ano a gente fosse namorado e ele pegasse na minha mão no meio da aula na frente de todo mundo e andasse comigo até em casa, eu entregaria de graça três produtos caros da loja pros velhinhos que precisassem.

NOVE

Minha mãe passou a semana distraída, a cara no celular. Respondia absurdos ao que eu perguntava, como se estivesse finalmente respondendo a algo que eu tinha dito muitos dias antes. Uma noite, bateu no meu quarto toda bonita e disse que estava saindo, e que o pai logo chegava. E deixou na minha cama o livro que eu tinha emprestado antes do ano-novo. Eu fiquei um pouco sem saber qual dúvida minha era prioridade enquanto ela estava cada vez mais inteira fora do quarto.

– Você não vai mesmo ler?
– Terminei hoje na loja. Muito bom.

E ela saiu. Talvez eu estivesse enganada sobre ela estar dispersa, comecei a achar que era o contrário, que ela estava de repente concentrada em tudo que não fosse eu. Ou a loja estava muito parada mesmo.

Quando um comércio está quase falindo qualquer cliente que entra é muito importante. Meio igual a quando alguém fala comigo na escola, a conversa fica repetindo dias na minha cabeça, cada gesto que eu não devia ter feito, um monte de palavra ruim que eu escolho. Ficamos dizendo o tempo todo palavras que não são as melhores, as melhores vêm só depois. Por isso que vai ser legal quando eu for escritora, dá tempo de selecionar as palavras.

Às vezes o cliente entra, e a gente fica toda atenta, achando que ele vai comprar um assento ortopédico e vai salvar o dia, e ele pergunta se tem florais contra insônia, e logo sai. Ou olha a primeira estante e já desiste, deixa a gente angustiado com a porcaria da estante, o que deveria estar lá e não está. As pessoas tinham que aprender a não entrar desse jeito na vida dos outros.

Um dia eu vou sair do balcão e vou atrás de um cliente desses, só pra implorar que ele me explique, pelo amor de deus, o que há de errado com a gente, por que ele não ficou nem um minutinho, por que não quis perguntar alguma coisa, por que era tão óbvio assim que não teríamos nada que interessasse.

O pai chegou e respondeu que não sabia onde a mãe tinha ido, mas não pareceu se importar. Sentou e ficou lendo um livro que não tinha em casa antes, não sei onde ele pegou. Sentei do lado, com uma lição da escola. Foi difícil achar uma posição confortável nas almofadas, e depois a luz estava muito fraca, mas eu disfarcei tudo porque não queria que meu pai sugerisse a escrivaninha do meu quarto, sozinha. Ele fez um carinho na minha cabeça e tomou um chá, e me ofereceu, sem tirar o olho do livro.

– Hoje o Leo foi com a sua mãe na loja. Ela deve estar cheia de ideias.

O pai contou isso e eu não soube o que responder. Queria perguntar então por que ela não estava lá pra contar tudo pra gente. Ficamos sentados ali um monte de horas e a mãe chegou com uns lanches, um pouco bêbada, e não contou nada da loja, só disse que estava animada, que tinham muita coisa a fazer.

Eles ligaram a música e começaram aquele show particular de amor que eles esfregam na minha cara há mais de 11 anos, um baile no centro da sala, cada passo na hora certa, os cabelos pra cima e pra baixo parecendo abertura de novela. Minha mãe era dançarina quando era nova, mas duas coisas atrapalharam: eu e a loja. Eu como problema, e a loja como solução para o problema, eu acho.

Às vezes eu imagino que eles divorciaram, e eu faço companhia para um de cada vez. Daí seríamos os três muito sozinhos e silenciosos. Mas seria como se a minha solidão tivesse se dividido por três, e ficasse mais leve pra mim. E quando alguma professora perguntasse por que eu passo os recreios sozinha eu diria que é porque meus pais estão se separando e eu preciso pensar com quem eu vou ficar, já que os dois precisam muito de mim. Isso só até eu conseguir passar os recreios com o Carlos.

A dança terminou e eles estavam jogados no chão dando muita risada. E não precisando de mim.

Fui guardar o material e ajeitar a mochila no quarto. Eu preciso conferir três vezes na agenda as matérias do dia, porque uma vez eu levei o material todo errado e não consegui segurar o choro – justo na aula de português que eu tinha caprichado tanto na lição e nunca mais ia ter oportunidade de ler minha melhor resposta.

Eu inventei que o choro era porque eu achava que os meus pais estavam se separando, e mesmo assim riram de mim porque quase todos os pais se separam e não era pra eu chorar. Uma menina comentou que ela nem conhecia o próprio pai, e a professora disse que não era pra gente ficar competindo tragédia.

Minha mãe veio deixar água no meu quarto e falou pra eu dormir bem. Ela parecia muito feliz.

DEZ

Adultos se divertem. Crianças se divertem. Eu não sei se estou exatamente na idade em que ninguém faz nada de bom, ou se isso de diversão simplesmente acabou pra mim.

Da minha janela eu vejo os vizinhos entrando no prédio. Eles passam algum tempo procurando a chave do portão no molho de chaves, então eu tenho de ficar bem concentrada para abrir a porta pra eles com a mente exatamente no instante em que eles abrem com a chave, dá pra ouvir o estalo. Quando eu erro, sinto que a porta abriu só mais ou menos e por isso essa pessoa chegou só mais ou menos em casa, e alguém vai comentar que ela anda distraída e ausente.

O dia tem um milhão de horas, mesmo lendo e escrevendo livro. Acho que o tempo só passa se você tem alguém respondendo ao que você diz, daí talvez divida o tempo por dois, ou por três, depende de quantas pessoas estão na conversa.

Minha mãe perguntou o que eu achava de passar o sábado e o domingo na vizinha pra eles viajarem depois de fechar a loja. A vizinha tem uma filha de 15 anos que é louca e fica me dizendo pra eu nunca namorar porque sexo é muito ruim e dói. Ela repete que eu devo dizer sempre não, e eu fico pensando que talvez eu nunca tenha ninguém pra dizer não.

Isso é uma coisa que eu não entendo bem, eu sei que tudo isso existe, mas não pra todas as pessoas, algumas pessoas não ganham sexo, como eu. Mas eu sei que meus pais viajam juntos porque se amam e têm sexo e todo mundo viaja e têm sexo menos eu que fico com a vizinha que odeia sexo.

– Por que eu não posso ir junto?

Minha mãe fez uma cara chateada e explicou que dessa vez eles tinham um monte de coisas pra resolver e conversar e por isso queriam ficar sozinhos. Senti que era mentira, mas de qualquer forma eu não queria ir, queria dormir sem ninguém em casa, mas nem isso os meus 11 anos permitem.

Antes da viagem dos meus pais o Leonardo passou lá em casa e tirou de uma pastinha um questionário que esticou pra mim. Falou que eu sou muito boa com respostas e que ele decidiu que se eu pudesse responder esse questionário com calma durante a viagem "da mamãe" isso ia ajudá-lo a me conhecer muito melhor. Ele gosta realmente de formulários.

– Achei que seus estudos fossem sobre velhos.

Todos riram, menos eu.

À noite, a vizinha ficou vendo um programa insuportável de jovens falando inglês e se gostando e sendo uma turma de pessoas bonitas. Olhei a primeira questão do Leo.

Do que você mais gosta?

De quando um doce está pra vencer lá em casa e minha mãe manda comer tudo logo.

Do que você tem medo?

De a loja fechar e a gente ter de vender as coisas dos velhinhos no farol pra continuar pagando a escola, e daí eu vou mostrar uma bota ortopédica e tem um colega da sala dentro do carro. Não tinha mais espaço pra escrever e eu coloquei um asterisco e continuei no fim da folha: e de ficar velha logo e ainda ser sozinha e não ter ninguém pra comprar uma cadeira de rodas pra mim.

Comecei a achar legal, fiquei com vontade de imprimir vários e distribuir na sala de aula e pedir pra me entregarem na saída, eu poderia dar um bombom em troca. Quando eu for professora farei isso, e sem bombom.

Uma das perguntas pedia uma vergonha. Não sei, não sabia perceber direito quando tinha vergonha. Escrevi que toda vez que eu vejo a polícia correndo com a sirene ligada, ultrapassando todo mundo, eu imagino que tem um criminoso fugindo em algum lugar muito perto. E fundo dentro de mim eu torço pra ele conseguir fugir. E daí tenho vergonha de mim mesma, tipo uma eu-mesma que vive um pouco pra fora de mim, mas meio dentro, e me enxerga quando eu penso essas coisas.

O que você queria ter e não tem?

Coloquei cachorro, porque acho que o Leo pensava que eu ia escrever namorado. Minha mãe diz que o apartamento é muito pequeno pra um cachorro, e eu não entendo, porque eu tenho tamanho e fico lá dentro parada o tempo todo.

O que é muito triste no mundo?

Respondi mulheres sozinhas.

Depois outro dia ele veio me perguntar por que eu respondi assim, e eu não disse nada. Acho as mulheres muito tristes, elas ficam na calçada esperando os homens, ou levam soco, ou odeiam sexo, que nem a vizinha que já tem 15 anos.

O que você mudaria na sua escola?

Eu faria uma turma só para os burros, que me irritam. E não teria uniforme, porque uniforme me deixa muito feia. E faria formulários como este, muitos deles.

Descobri que o questionário era imenso, várias páginas, e eu guardei na bolsa pra ir respondendo aos pouquinhos. A vizinha continuava vendo o programa.

– Você não quer me levar pra comer em algum lugar? Eu tenho algum dinheiro.

Ela pediu mais dinheiro pra mãe e foi descendo a rua comigo. Tinha muita gente mesmo, pessoas que estão nas idades da diversão, rindo e se abraçando, essas que provavelmente viajam juntas e compartilham comida. Alguns meninos mexiam com a vizinha e ela xingava. Ninguém mexia comigo, mas ela disse que era pra eu aproveitar. Ela sentou num bar e pediu um monte de coxinha e uma cerveja pra ela.

Eu tenho a mesma altura dela, mas só tenho tamanho.

Ela tentou me ensinar a jogar sinuca, eu não consegui e ela se entediou. Uma menina fez amizade com ela, assim como se fossem crianças num hotel, e as duas ficaram um tempão jogando. Eu olhava as pessoas, e elas não me viam. Gostei das roupas de todos, e dos cabelos. A amiga nova veio falar comigo e eu perguntei se ela também não gostava de sexo e a menina olhou muito estranho para a vizinha, depois riram, e ela respondeu que até que gostava mas que eu teria tempo pra me preocupar com isso, e riu mais, eu teria a vida toda pra me preocupar, falou uns palavrões, bebeu a cerveja, ela era bonita. Eu preferia que fosse ela a minha vizinha.

A hora foi indo mais rápido do que em casa, e nós não parecíamos estar perto de voltar. A amiga nova agora tinha uma bebida vermelhíssima e eu falei que ela parecia uma vampira bebendo sangue, mas ela não riu, e eu fiquei me odiando. Digo, aquela outra-eu que vive meio fora, meio dentro de mim e me enxerga ficou me olhando e passando vergonha.

A moça sentou do meu lado e ficou vendo a bebida vermelha.

– A gente devia estar num lugar mais divertido.

Eu estava achando aquele lugar fantástico.

– Onde você estaria se tivesse a nossa idade?

– Na casa do Carlos, eu acho.

– Quem é o Carlos?

A vizinha riu, mas ela não sabia quem ele era. Fiquei com medo de ela começar o sermão enlouquecido sobre sexo ser muito ruim e a amiga nova achar que eu também não gosto quando na verdade eu não faço a menor ideia nem de como funciona e isso eu também não quero que ela saiba.

– O Carlos é um menino. Ele é quase alto, e tem cabelos lavados. E nunca xinga, nem anda rápido, nem joga esportes, nem puxa cabelo, e às vezes ele lê um livro.

– Lê um livro? Jura?

– Juro por deus. E não é um livro obrigatório. E ele usa o uniforme ajustado, e limpo, e anota a aula, e às vezes, quando ele chega, diz bom-dia. Assim, como se fosse um professor.

A amiga nova estava me olhando completamente chocada, e deu uma risadinha pra vizinha, que estava de mau humor e não retribuiu.

– Olha, Carmem, eu acho que você precisa agir rápido, você nunca vai encontrar um menino como o Carlos em toda a sua vida!

– Não!?

– Bom, pelo menos não até os seus 16 anos, isso eu te garanto.

– Nossa...

Eu não sabia o que era agir rápido.

– Como eu faço pra ele viver comigo?

– Você sabe se ele gosta de você?

– Ele me mostra as músicas dele.

– Ótimo. Então faz alguma coisa logo, não sei, mostra que você gosta dele. Mostra que você é diferente, que você não é dessas menininhas que ficam esperando esses moleques se mexerem.

Foi o conselho mais confuso que eu já recebi em toda a minha vida. De tudo que parecia fazer-alguma-coisa, eu só conseguia pensar em cambalhota, desenho, cartinha. Uma cartinha não parecia me fazer diferente.

Mais tarde a vizinha subiu a rua comigo sem olhar na minha cara. Bem irritada mesmo. Perguntei pra ela o que era fazer alguma coisa e mostrar que eu sou diferente. Ela mandou agarrar logo esse menino.

Tínhamos decorado o nome todo da amiga nova e antes de dormir ficamos vendo as fotos dela na internet. A vizinha já estava mais animada, e a mãe dela não brigou com a gente por voltar meio tarde, e ainda trouxe leite morno com chocolate no quarto pra dar sono, ela falou.

ONZE

Eu usava lancheira rosa com desenhos de princesas, mas a diretora me achou no corredor e comentou que iam fazer muita graça de mim, que eu já era muito grande. Comecei a comprar na cantina ou levar o lanche num papel alumínio dentro de um saco plástico muito adulto.

Era maio e a loja estava melhor, mas não o quanto eu imaginava que ficaria. Eu tinha pensado algo que envolvesse balões coloridos na porta.

Meus pais estavam trabalhando muito. Várias noites um deles ficava com o Leo na loja até de noite, ou mesmo ele ficava lá em casa até bem tarde. Teve uma noite que eu jantei salsicha e fui pro quarto pra ler mas acabei ficando horas deitada na cama com o olho e o ouvido fechado pensando no Carlos e em muitas coisas que a gente podia viver juntos. E em diversos meios de eu fazer alguma coisa e ser diferente.

Eu fiquei imaginando tanto que dava uma energia nas pernas e eu chutava o colchão e tinha vontade de pular e rir. Pensei que eu mudava de lugar pra sentar na frente dele e ele fazia carinho na minha cabeça atrás do cabelo pro professor não ver, mas todo mundo via, e no intervalo todos vinham puxar assunto com a gente só porque a gente é junto. Todo mundo não, alguns eu tirava da imaginação porque eu não gosto nem de ver na frente. Daí eu pensava que eles tinham faltado na escola por alguma razão, mas me distraía imaginando a razão pra cada um deles ter faltado, e atrapalhava um pouco.

Saí pra cozinha, chateada de ficar tanto tempo fazendo isso, já era tarde e eu devia estar dormindo.

Foi aí que eu vi o Leonardo na cozinha com o meu pai, estavam se cumprimentando, mas as mãos ficaram ali, juntas. Foi um carinho na mão. Depois um carinho no pescoço, e no cabelo. E um sorriso.

Daí eles me viram e vieram muito atenciosos na minha direção. Eu tive vontade de chorar e mais vontade ainda porque não tinha exatamente um motivo pra chorar, era pior do que quando eu esquecia de levar o material da aula.

Minha mãe apareceu também lá do quarto dela e estranhou nossas caras, cada uma de um jeito, e eu pensei que eu devia fazer alguma coisa, eu era responsável por isso, eu que tinha mandado o e-mail pra esse homem. Também pensei que era mentira que eu queria que meus pais se separassem.

– Não vou completar seu questionário estúpido.

E voltei correndo pro quarto.

DOZE

A porta do meu quarto não tem chave, o que deve fazer parte dessa maravilha que é ter 11 anos. Mas ela tem um problema, é totalmente emperrada. Tem um desnível misterioso no chão, que exige que as pessoas deem um tranco especial pra cima antes de virar a maçaneta. Minha mãe fala que é preciso ter intimidade com a minha porta pra saber abrir. Então é isso, meu quarto só abre pra quem tem intimidade com a porta.

Naquela noite alguém foi até lá, devagarinho, e bateu três vezes, bem fraco. Eu não disse nada, aumentei a música, e fiquei com vergonha porque era uma música muito ruim. Daí alguém forçou de leve a maçaneta, e não insistiu. O Leonardo não tinha intimidade com a porta.

Depois de um milhão de horas minha mãe abriu e veio me trazer um suco – não era o leite quente achocolatado da vizinha, que dava sono – e perguntou por que eu estava esquisita. Eu disse que eu queria muito ter um namorado, e ela riu, depois parou, porque eu estava muito séria. Ela disse que era cedo, mas que daqui a pouco eu teria, que eu não devia apressar essas coisas que eram só dor de cabeça.

Mas ela gostava de namorar o meu pai e não chamava de dor de cabeça. Onze anos é a pior idade do universo, dura pelo menos cinco anos. E tem fome, e às vezes cólica e menstruação. Muita fome. Pelo menos depois de um tempo emagrece um pouco porque a pessoa cresce muito, de repente, mas isso quer dizer que depois eu fiquei maior, mais tamanho.

Minha mãe passou a mão no meu cabelo, do jeito que eu não gosto, que desata os cachos e faz ficar imenso. Mas eu deixei. Eu imaginei que ela não sabia que o papai fazia carinho no Leonardo também, e eu queria dizer, mas não conseguia. Chorei um pouco e ela pareceu preocupada. Perguntou se tinha alguma novidade que eu não estava gostando.

Eu falei que o Carlos era novidade, mas eu estava gostando. Ela deu uma risada bonita e perguntou se o Carlos sabia dançar. Eu falei que achava que sim, porque ele ouvia muita música. Ela me mandou aproveitar. Não sei o que ela acha que existe para aproveitar.

Acho que eu descobri o problema da minha idade, as coisas no mundo são todas divididas nas categorias 7 a 11 anos, ou 12 a 16 ou 18 anos. Daí que eu estou no limbo de quem já fez 11 anos, que é a infelicidade. O que pode querer dizer que vai passar, mas não passou pra vizinha de 15 anos, que parece muito infeliz.

TREZE

O Carlos tinha levado na aula um caderninho, e ficou rabiscando umas letras de música com uns desenhos. Eu tentava ver mas o olho não alcançava. Eu sorri pra ele e ele tirou o fone e perguntou o que eu tinha dito, e eu não tinha dito nada.

Era preciso fazer-alguma-coisa. No intervalo ele foi saindo na minha frente olhando pra dentro da sacolinha de lanche dele. Não fazia sentido a gente não lanchar junto se nenhum dos dois tinha companhia, mas agora eu já aprendi que faz sim. Sozinho faz sentido também.

Não sei muito bem o que eu pensei, foi uma mistura muito grande de informações, eu não sei por que as pessoas não informam tudo de uma vez, deixam a gente ficar aprendendo de pouquinho e fazendo confusão.

Ele virou no corredor e eu puxei o braço dele, o fone de ouvido caiu no chão, e eu resolvi agir rápido, coloquei uma perna em cima da perna dele e segurei uma das mãos, a ideia era fazer um passo de *Livin' La Vida Loca* igual ao da minha mãe, era só um passinho pra congelar feito uma foto, achei que isso ia mostrar que eu era diferente, mas como ele não estava entendendo e tudo foi muito rápido, pensei que eu devia garantir tudo com um beijo na boca, bem curto, ia ser só um estalinho, mas tudo foi muito assustador e talvez eu toda grande e perto demais, ele afastou a cara e dobrou meu braço num golpe e com a outra mão me empurrou no chão, e logo em seguida pareceu ficar pensando se me puxava do chão ou pegava o fone de ouvido que também tinha caído.

Doeu alguma coisa na minha perna esquerda e no pulso, e ao mesmo tempo eu não conseguia levantar porque eu não sabia pra onde correr depois que eu saísse dali, já tinha muitos meninos em volta e eles riam e começaram a gritar, e eu achei que iam gritar pra mim, umas meninas riam também, mas era pro Carlos que eles gritavam BI-CHA BI-CHA BI-CHA BI-CHA BI-CHA!

Parecia que não ia terminar mais, ele tentou sair dali, mas eram muitos e eu continuava no chão e o Carlos nem me olhava nem me ajudava, e quando eu vi eu tinha levantado sozinha e estava gritando junto BI-CHA BI-CHA BI-CHA, com muita raiva e mais força, e só aí ele me olhou e depois riu. Eu fiquei olhando a risada sem entender como ele podia rir ali, se era uma risada maldosa, se era nervoso, e daí eu corri pro banheiro, corri daquele jeito feio que parece que uma tonelada de pregos estão balançando dentro de cada perna.

Na aula seguinte a gente tinha de fazer um mapa do estado de São Paulo com massinha e colocar cores diferentes conforme o que era produzido em cada região mas eu fiz um coração com vários buracos e a professora nem me deu bronca porque eu sempre fazia tudo muito direito. Deixei o coração bem do lado da mesa pro Carlos ver mas não sei se ele viu porque não nos olhamos mais.

Na aula de matemática o problema dizia que um menino e uma menina precisavam calcular quantas laranjas levar ao parque se os convidados meninos comiam tantas e as meninas só mais tantas cada uma. E eu escrevi que não era pra levar nenhuma, que tudo é mentira, ninguém vai junto a parque nenhum nessa vida.

E na aula de português a gente tinha que olhar a imagem de uma menina que estava perdendo o ônibus e escrever um parágrafo imaginando a solução pra essa situação e eu escrevi que a única solução pra nós todas é nunca tomar nenhuma atitude, nunca sair de casa, nunca parar de olhar a janela e abrir mentalmente o portão do prédio para os vizinhos, e nunca fazer nenhum movimento brusco, que se ela perdeu o ônibus ela tinha de esperar, esperar quieta e pra sempre.

CATORZE

Eu estava jogada na cama e batia um lápis de cor no outro e a minha mãe falou pra parar porque isso quebrava todo o lápis por dentro e eu nunca mais conseguiria apontar. Perguntei como-assim, como se isso tivesse qualquer importância, e ela explicou que eu ia apontar e apontar, mas toda vez que tentasse pintar a ponta já estaria quebrada.

Parei com os lápis. Acho que minha mãe foi chamada na escola.

Ela me disse que na minha idade as pessoas estão em banho-maria, e que eu tinha de ter paciência. Eu achei que fosse uma brincadeira com o meu nome, banho-maria-carmem, mas depois entendi que estou mais ou menos numa travessa de vidro cozinhando muito lentamente em cima da água, pra eu não queimar, e uma hora eu vou virar alguma coisa.

Não gostei. Nem do lápis que nunca mais aponta nem do banho-maria. Minha mãe não usou a palavra cozinhando, ela disse preparando. Que quando a gente não tem paciência e prepara sem o banho-maria as coisas não dão certo, pode até queimar. Falou que eu precisava acreditar nela, que ia ficar tudo bem se eu ficasse boazinha no banho-maria, que eu ia sair a mais forte de todas as Marias.

Os dias iam passando e os moleques continuavam dando tapinhas na cabeça do Carlos e chamando de viado. Perguntei pra minha mãe o que era, exatamente, viado e bicha. Ela fez uma cara muito ruim, não para a pergunta, mas para as palavras, e falou que era um jeito ruim de dizer que um homem gostava de outros homens, e não de mulheres. Isso eu já sabia, mas às vezes eu gosto quando a minha mãe me trata como se eu fosse bem pequena.

– E se ele gostar de homem e de mulher?

Ela falou que as pessoas conseguiam xingar todo mundo.

– O Carlos é um menino igual ao papai e ao Leo.

– Por que, filha, o Carlos é um menino legal?

O Carlos depois de um tempo cansou e reagiu, começou a explicar pra todos que era evidente que ele não era bicha, mas que ele não queria uma menina gorda e feia. Logo os meninos entenderam, deram risada. Inventaram uma piada: cada vez que cruzavam comigo no corredor eles gritavam de susto e davam um salto pro lado como se eu fosse pular no colo deles e tentar beijar. Isso começou a piorar bastante minha prisão de ventre, e a cada berro deles eu sentia uma pedrada por dentro do umbigo.

Apesar de tudo eu gosto muito de falar prisão de ventre, acho tão bonito.

Quando você está em banho-maria as pessoas só vão contando as coisas que você pergunta, mas você nem imagina quais perguntas poderia fazer. E isso vai fazendo o banho-maria durar uma eternidade.

Outra pergunta do questionário do Leo pedia pra contar uma nova descoberta. Respondi que é possível que um lápis pareça estar novo, mas todo quebrado por dentro. Que é possível que um lápis não funcione. Que ele nunca escreva nada, só porque algum idiota ficou batendo insistentemente um lápis no outro.

QUINZE

A loja ganhou um site todo fantástico, e às vezes minha mãe me pedia pra ir no correio levar alguma entrega. Ela ficava muito agitada, arrumando noventa vezes a embalagem, como se fosse um presente. O velhinho ia abrir a caixa e achar que é Natal, e ficar todo contente com o colete lombar que talvez seja a nova coluna dele.

No site tem minha foto sorrindo meio esfumaçada, talvez pra embaçar meus dentinhos, fingindo que ajudo um senhor comprido a caminhar. Não sei quem é esse senhor comprido, o Leonardo que arranjou, talvez seja vizinho dele. Muito divertido, trouxe umas balas e ficou olhando a loja todo curioso como se os velhos que precisassem daquelas coisas fossem alienígenas.

Eu gosto de ir no correio porque as pessoas ficam me olhando e olhando a minha caixa e aposto que voltam pra casa se perguntando o que uma menina tem pra enviar pelo correio numa caixa grande. Os velhinhos passam na frente na fila, e eu tenho vontade de dizer com licença isto aqui também é para um velhinho.

Na Revolução Industrial parece que os idosos trabalhavam como se fossem jovens, e as crianças também. Na verdade não sei muito bem se eles eram tão velhos, parece que eles não conseguiam viver tanto assim porque as lojas de velhos eram muito ruins. Eu escrevi na prova que as coisas mudaram mas não totalmente porque em alguns lugares os velhos e as crianças trabalham demais e sem ar pra respirar direito. O professor gostou muitíssimo e até leu pra turma, mas os colegas odeiam quando minha resposta aparece muito.

O Leo surgiu com uma sanfona naquela semana. Eu achei muito maravilhoso, parecia que ele estava entrando em casa com um enorme bebê retangular e vermelho, e se ele descansasse os braços o bebê se espreguiçava gemendo com sua barrigona enrugada. Ele tocava e minha mãe acompanhava batendo uma faca de metal na outra, e meu pai ficou me ensinando a dançar forró. Cantavam ela só quer, só pensa em namorar, ela só quer, só pensa em namorar, e era evidente que era pra fazer graça comigo mas tudo bem, eu gostei.

Decidi que quando meus colegas fossem comprar algo pros avós deles na loja, em vez de dançar *Livin' La Vida Loca* eu ia tocar aquela sanfona gigante, do jeito que o Leo fazia. O Leo ouve pensamentos e lê respostas de questionários que ainda não foram respondidos, e antes de ir embora ele comentou que podíamos tocar um pouco de sanfona ali na entrada da loja num sábado, só pra dar um ar de alegria.

E foi a coisa mais espetacular que a loja já viu, o Leo tocava todas as músicas de sanfona que eram meio antigas ou falavam de velhinhos, ou de esperar na janela, e as pessoas olhavam e achavam que era alguma coisa muito legal, daí percebiam que era uma loja de velhos, e riam, mas aproveitavam pra dar uma olhada numa bolinha de fisioterapia, lembravam alguma coisa que faz tempo que a vovó tinha de começar a fazer, ou mesmo eles próprios precisavam, como sentar direito no trabalho sem forçar os ombros, e eles iam comprando coisinhas, ou só anotando o nome da loja pra procurar na internet, dançavam de leve ali na calçada mesmo, tiravam uma foto do Leo que é bonitíssimo e toca sanfona, e eu me perguntei se os velhinhos da Revolução Industrial não podiam ter alguém tocando sanfona enquanto eles apertavam parafusos.

Também fiquei querendo que livros fossem igual sanfona. Que tudo que eu escrevesse ficasse sanfonando na calçada pras pessoas ouvirem, em vez de lerem, já que ninguém sai lendo muito por aí. Daí as páginas abriam e fechavam no meu braço e as palavras iam saindo e se eu escrevesse muito muito muito bem igual o Leonardo toca, as pessoas acabariam dançando.

DEZESSEIS

Em outro ano, não neste ano do livro, num ano já antigo, minha avó que era a dona da loja de velhos ficou muito velhinha também. Só que nenhuma das coisas da loja resolviam, porque o problema era dentro da cabeça dela.

Minha mãe disse na época que era porque a vovó era inteligente demais, daí tinha gastado a cabeça mais cedo do que devia, e eu fiquei com medo de ser inteligente. Às vezes minha mãe fala qualquer coisa achando que eu vou esquecer e tudo bem. Quando eu tiver uma filha vou saber que ela não esquece.

A vovó foi ficando meio bebê, mas um bebê pesado e enrugado, e difícil de lavar, e às vezes ela ria demais, à toa, e depois berrava, sem motivo também, um bebê gigante, e eu fazia carinho no cabelo dela, mas quase já não tinha cabelo.

Antes de ficar doente, ela era muito sozinha, daí algumas tardes minha mãe me enviava pra fazer companhia pra ela, mas na verdade eu fazia solidão. As duas ali no sofá, quase no escuro, competindo qual solidão conseguia alcançar o teto. Eu acho mesmo que as crianças podem ser mais sozinhas que as velhas.

Daí quando vem o Lobo Mau as meninas contam tudo, ensinam direitinho como chegar na casa da avó, a terceira após a colina, e o Lobo chega antes e não sobra avó nenhuma. Uma tarde fiquei imaginando o lobo comendo cada pedaço e a vovó sem dizer nada nem chorar, só a solidão acabando depressa. Depois fiquei com medo e foi difícil dormir.

Às vezes ela falava comigo, perguntava da loja, da escola, mas eu não sei se a resposta interessava de verdade, ela tinha uma porção de coisas pra pensar por dentro, porque ela era inteligente, não precisava ouvir o que eu pensava. Só quando a cabeça dela deu problema é que ela ficou com poucos pensamentos e por isso ria ou gritava. Antes não.

Um dia ela saiu do banheiro com a calça ainda abaixada e veio arrastando os joelhos até a sala, dando risada. Eu ajudei a se enxugar e depois avisei minha mãe que a vovó não tava bem, mas no começo eu achei legal, ela ficou carinhosa, parecia até feliz, menos pensamentos, só que mais pra frente a cara foi ficando arregalada, um jeito de susto, e eu tinha medo, não queria ficar com ela, mas minha mãe me obrigava, dizia que eu ia me arrepender, os adultos são cheios de arrependimentos e ficam achando que a gente vai ser também.

Um pouco antes de morrer, a vovó já sem andar, numa cama dessas com rodinhas que minha mãe tinha alugado porque não vendia na Loja de Velhos, meus pais na cozinha preparando uma sopa, eu fiquei alisando a mão dela que parecia um tronquinho seco, e por um momento pareceu que ela tinha voltado ao normal, a cara muito séria, eu até imaginei que engraçado seria se a vovó tivesse fingido tudo isso, e agora piscasse pra mim, só eu saberia, mas não, foi só um pensamento que tinha vindo, um só, e ela me olhou, e falou bem baixinho e triste, o olho cheio de água: o Antônio nunca me amou.

Eu senti um monte de coisa ao mesmo tempo. Primeiro que eu precisava dizer que sim, imagina, o vovô amou muito a senhora. Só que era a primeira vez que me diziam que era possível passar 60 anos do lado de alguém sem amar. O vovô de fato parecia ter sido um homem que não amou ninguém.

Também percebi que é isso que vai acontecer comigo, eu vou morrer sozinha, sem cabelo, e mesmo muito confusa ainda vou ter espaço pra essa dor, essa coisa total que vai ser a minha solidão.

E também pensei que isso de não ser amada pelo marido era gravíssimo, porque minha avó estava ali com uma porção de problemas, dor no corpo, fralda, engasgo, morte, e a única coisa que a fez parar e pensar e chorar foi esse homem que já tinha morrido e talvez nunca de fato tivesse amado mesmo.

Não consegui dizer nada, e acho que disso eu já tenho aquele arrependimento. Não senti que eu tinha idade pra dizer a uma mulher qualquer coisa sobre isso. E ela continuava me olhando, talvez esperando uma resposta, é só isso que ela precisava, como se eu fosse um anjinho flutuando do lado da cama, e bastava que eu dissesse com muita convicção que ela tinha vivido a mais bonita história de amor de todos os tempos, e talvez ela tivesse morrido feliz.

Mas eu não disse nada. E nem contei pra minha mãe, porque ela ia ficar muito triste. Foi isso, eu dei o endereço da vovó pro Lobo Mau e sumi. Ficou sendo meu segredo, minha grande falha. O dia em que a vovó só precisava de uma mentira, e eu não tive coragem.

DEZESSETE

Às vezes eu não durmo. Principalmente quando o dia foi tão péssimo que eu não quero que o outro dia chegue porque fico pensando que vai ser pior. Daí, antes de eu desenvolver uma nova técnica, eu comecei a chantagear deus.

Mas era uma chantagem estranha porque eu não tinha muito poder e pode ser que pra ele não tivesse importância que uma menina parasse de vez de acreditar nele. Ou pode ser que ele não exista mesmo, eu ainda não decidi, e algo me diz que a minha opinião sobre isso não tem a menor importância pra ele, se ele existir, então eu posso demorar o quanto eu precisar.

Eu dizia que se eu não dormisse em quinze segundos, deus não existia. E começava a contar. Cada vez que chegava perto dos quinze, eu dava uma chance pra ele, esticava até trinta, depois até um minuto, afinal ele podia estar ocupado ou não ter me escutado, e quanto mais perto chegava do sessenta mais eu me agitava, um pouco com medo de dormir de repente e depois acordar muito assustada com a presença desse deus, mas também, e cada vez mais, com o medo de continuar contando, infinito, a noite inteira, e nunca dormir, mais e mais sozinha, porque não existia deus nenhum me escutando contar, e eu podia ficar ali acordada por várias noites e vários dias que não tinha ninguém me olhando e se importando comigo, e que portanto era impossível saber quem estaria decidindo que pessoas devem nascer e morrer, e que poderia ser alguém muito mau, ou, pior, poderia não haver controle nenhum.

Um dia, completamente exausta de uma madrugada inteira de contagem e ameaças, entrei na capela da escola e andei bem depressa até a figura que mais me parecia conter deus, que seria Jesus, todo coitado ali em cima, crucificado e sangrando, os olhos baixos de miséria e tristeza, olhei pra ele uns segundos e estendi bem evidente o meu dedo do meio, e mostrei por quinze segundos, que era o tempo que eu achava que ele tinha pra me fazer dormir, daí virei as costas e saí.

Foi bom, foi bem gostoso, por uns minutos. Depois eu chorei muito, porque Jesus era tão bonito, ele sofria ali em cima há tantos anos, e as mãos estavam presas de um modo que ele não poderia me mostrar o dedo do meio de volta. Eu fui injustíssima, e egoísta, e muito ruim.

Levei vários dias um pouquinho do meu lanche pra ele. Eu deixava embaixo da cruz, e na saída ia olhar e o lanche continuava ali, e eu estava sempre com fome e acabava comendo. No fim concluí que ele tinha me perdoado. Ou que ele não existe. E que de toda forma, não serve para me fazer dormir.

DEZOITO

Tem uma porção de maneiras estúpidas de uma criança morrer. Por exemplo descer uma escada segurando um pote de vidro em cada mão e escorregar e cortar os dois pulsos. De todo jeito a morte sempre foi uma coisa barulhenta, a criança com os pulsos rasgados vai gritar caída na escada e esse grito vai ficar ali meio vibrando até a mãe entrar dez minutos tarde demais, e a mãe vai viver pra sempre imaginando aquele grito que ela não ouviu. A morte é uma coisa que avisa, que arma um escândalo na rua, no bar, que apita no hospital, que telefona na casa de todos os parentes, e eles saem correndo como se agora adiantasse, a morte pra mim era assim.

Mas daí esse ano eu descobri que a morte pode ser silenciosa, muito mesmo. E tóxica. É possível morrer velho e quieto dentro da própria casa deitado na cama sem tempo de gritar, e dessa morte não sai um aviso, um apito imediato, não, as coisas fora da morte continuam iguais, e essa morte quieta pode ficar três, quatro dias, contaminando as coisas que vão morrendo junto, o colchão, a cama, o piso de madeira, começa a vazar um sangue que não é mais necessário, e vai crescendo um cheiro que parece que nenhum humano vivo consegue suportar, só os mortos.

E quando enfim a família descobre eles fogem batendo a porta do apartamento e gritam o grito que o morto não deu, e tudo é muito pior porque elas descobrem que deixaram o morto sozinho três ou quatro dias, tão sozinho que não tinha nem ele mesmo. Uma solidão morta, tão horrorosa que vai tomando conta da casa inteira e quando finalmente alguém descobre você já está metade consumido de solidão.

A família do Seu Vicente do terceiro andar ficou muito tempo no portão do prédio chorando e investigando os últimos quatro dias, onde estaria cada um deles enquanto o morto estava tão sozinho, e eu tentava abrir mentalmente o portão pra eles, mas não entravam, eles não queriam de jeito nenhum entrar, e minha mãe comentou com o Leo que o cheiro agora estava até no elevador, e meu pai contou que o Seu Vicente tinha comprado outro dia mesmo uma almofada térmica na loja, e que ele estava sempre sorrindo.

Eu desci até a rua tapando o nariz porque eu tive muito medo do cheiro dessa morte e fiquei quieta no portão ouvindo a família. Tinha uma menina um pouco mais velha que eu e ela não conseguia nem chorar, parada com o olho no interfone, talvez ela quisesse testar, digitar o número do apartamento do avô pra ter certeza de que nenhuma voz contaminada e sombria responderia, a voz que ocupou a casa quando não tinha ninguém.

Depois que eu descobri que a morte pode ser desse jeito, eu concluí que ela também não precisa avisar que está chegando, e eu não quero ficar sozinha nem um segundo depois de morrer, então além da minha necessidade de controlar o sono e também o cocô – que eu ainda vou explicar –, comecei a tentar dominar a morte, ou pelo menos prever a sua chegada.

Daí que de tempos em tempos eu me lembro disso, de que eu posso morrer a qualquer momento e tudo acabar, então eu presto muita atenção na minha respiração, puxo o ar bem devagar e fundo, depois seguro um tempo, e observo o ar sair, e se isso está ocorrendo direito e dentro dos meus comandos, é porque a morte não está aqui, se ela estivesse eu puxaria o ar e ele não viria, ou sairia depressa antes que eu mandasse, ou não encheria direito o meu pulmão, ou não subiria até a minha cabeça.

Isso ficou um pouco complicado porque às vezes eu tenho essa lembrança quando estou falando com alguém ou até lendo alguma coisa alto em sala de aula e então eu pareço de fato muito esquisita, e aí sim as pessoas vêm perguntar se está tudo bem e talvez elas pensem que eu estou morrendo, mas é o contrário, elas é que podem estar morrendo neste instante e não sabem e vão entrar num banheiro pra passar uma água no rosto e cair ali mortas, sozinhas, até o dia seguinte, e deixar a escola inteira com medo e nojo.

DEZENOVE

Um moleque foi fazer a brincadeira do susto e se jogar pro lado ao me ver e acabou derrubando um cara mais velho que passava e que não entendeu nada, os dois entraram numa briga ridícula em que o menino tentava convencer o outro de que eu ia de repente me jogar em cima dele e tentar beijá-lo no corredor e o mais velho voltou com a história de BICHA e o mais novo voltou com a história de GORDA e dessa vez eu fiquei parada, bem parada e bem séria, escutando e pensando meu deus quando será que o colégio muda, e se não muda pra onde vão essas pessoas todas depois, será que elas são o mundo, será que os adultos são essas pessoas depois do banho-maria, fico achando impossível, esses meninos nunca vão ser adultos.

Se me perguntassem eu escolheria que ninguém existisse, ou pelo menos quase todos os alunos do mundo não existissem ou ficassem trancados juntos numa sala gigante sendo insuportáveis uns com os outros sem me trazer tanto desgosto, não o mesmo desgosto que eu trago pra minha mãe quando não gosto do bife, mas sim esse outro desgosto, que quer dizer parar de gostar de todas as coisas.

No fim o moleque mais novo levou um soco, e por um truque mágico da justiça escolar fomos parar os três na sala do diretor que ouviu um de cada vez e a primeira pergunta que ele me fez foi por que eu tinha tentado agarrar o menino. Eu fiquei olhando pra ele e pensando um trilhão de respostas e todas elas me faziam parecer uma menina muito maluca e que por certo teria tentado beijar aquele animalzinho sem banho, e mesmo sabendo disso eu comecei a gritar que eu não acreditava no que estava acontecendo naquele colégio de merda, eu disse assim mesmo, quem eles pensavam que eles eram, dois dinossauros trombam no corredor e eles resolvem acreditar nessa gente – talvez na hora eu não tenha pensado em dinossauros, algumas palavras só chegam quando a gente escreve, eu devia ter escrito um e-mail para o diretor –, que eu não quero beijar nunca menino nenhum na minha vida, muito menos aquele, e homem nenhum valeria um beijo já que até mesmo o diretor dessa escola é igualzinho aos moleques-desgosto da minha sala.

É uma pena que na hora as coisas saíram com muito mais palavrão e muito choro no meio das frases e minha mão pegou e largou o peso de papel várias vezes como se eu fosse jogar na cabeça do homem, sei que meus pais vieram me buscar e é claro que somaram minhas angústias em casa com tudo o que deve ter sido narrado pelo diretor e quando me tiraram dali já era impossível que alguém acreditasse em mim, e na verdade não tinha tanta importância porque um mês antes eu tinha de fato agarrado o Carlos e pra eles não devia fazer a menor diferença se eu tinha agarrado um menino limpo e legal ou só mais um animalzinho, o fato é que eu estava causando brigas no recreio e depois promovendo escândalos na sala do diretor tentando negar que tivesse agarrado e beijado um menino no corredor, o que toda a escola confirmava, e inclusive começava a parecer um hábito meu.

– O Leo vocês podem beijar à vontade, não é?

VINTE

Aparentemente naquela tarde horrorosa em que eu me sentia um fracasso e ao mesmo tempo tinha passado a odiar o mundo ainda mais, meus pais resolveram que era inadiável A Grande Revelação.

Cheguei em casa sem dizer nada, joguei a mochila na cama e bati a porta do meu banho, todos os sinais de que hoje não era dia para informações. A camisola depois até que trouxe um conforto e na sala tinha uns sanduíches bonitos que eles tinham feito e estavam os dois atrás dos pães sentados me olhando.

– É mentira, eu já falei. Eles fazem isso porque eu sou feia.

– A gente quer te explicar uma coisa, Carmelina.

Normalmente essa frase é boa e traz alguma novidade importante pra engrossar o caldo do banho-maria. Mas quando vem com o Carmelina é porque estão achando que eu não vou gostar.

Eles se atrapalhavam e riam e pareciam duas crianças e ficavam puxando o alface pra fora do pão e, em resumo, retirados todos os nomes que tentaram inventar, eles estavam namorando o Leo. E já fazia vários meses, e eles queriam o direito de parar de mentir, de viajar escondido, de disfarçar tudo, ou seja, queriam pular essa nova adolescência deles que nem tinha começado pra mim.

Eu achei um completo absurdo, uns com tão pouco e outros com tanto. Eu ainda estava de pé na sala com o cabelo molhado escorrendo na camisola e um sanduíche na mão e a minha solidão parece que se multiplicou por três, e as pessoas à minha volta se aglutinando em blocos de amor, e a minha vida que era inteira só escola e casa estava me jogando cada vez mais para o lado até que eu achasse um canto escondido sem incomodar.

E eu que tinha percebido naquela tarde que quanto menos homens existissem no mundo melhor, agora descobria que minha família estava querendo ainda mais um, e não me importava que o Leo não se parecesse com o diretor ou com os moleques do corredor, ele e meu pai certamente tinham sido assim, talvez tivessem sido ainda mais terríveis, os dois, um em cada canto da cidade gritando BICHA BICHA, certamente gritaram, até eu gritei por alguns segundos, ou pior, os dois explicando que não iam beijar uma gorda, os dois ali na minha casa se amando e amando a minha mãe que de fato andava contentíssima e estava tendo um ano ma-ra-vilhoso, coisa que até então eu pensava que era por causa da loja e me achava a heroína das nossas finanças por ter encontrado o Leo.

Eu ainda tinha o sanduíche na mão começando a escorrer a maionese e de repente me veio a lembrança de que eu poderia estar morrendo, o que até daria a essa tarde um tom dramático bastante ideal, e respirei e segurei, e só depois soltei, diversas vezes, mas eu continuava com vontade de escândalo. Era uma semana de gritos. Respirar longo, vontade de arremessar o sanduíche na cara da minha mãe, segurar o ar, queria perguntar como é que ela tinha guardado toda essa beleza só pra ela, guardado tanto que não me deixou nenhuma, gritar que todos esses anos ela só fez me entupir de comida até eu ser uma coisa boa de se empurrar no pátio, soltar o ar bem devagar, tudo isso pra ficar colecionando esse monte de homem, respirar mais ainda e bem fundo, tive vontade de chamá-la de nomes terríveis, e tudo isso só contra a minha mãe porque do meu pai eu não sabia nem sequer o que pensar, pra mim ele estava sempre brincando, segurar o ar, e além disso era a minha mãe que eu queria que estivesse comigo nessa luta, soltar o ar mais depressa do que eu tinha calculado, esvaziar nossa vida desses meninos, abrir uma loja só de velhinhas, e ela com essa ideia inteira na contramão de mim.

Respirar ainda mais fundo. Eu quis dizer que eu odiava aquela escola em que todos eram sem-cérebro porque tudo indica que os pais dos alunos também deviam ser, segurar o ar, e que eles deviam ter me colocado numa escola eleita pelos pais que não são cretinos, e que eu nunca reclamava porque a escola custava igual ao nosso plano de saúde e que eles ficavam repetindo isso todo ano e por isso eu tinha notas incomparáveis o que não é difícil já que ninguém lá tira nota alguma e de tudo isso eu nunca nunca nunca reclamava e que quando eu arrumei um jeito de melhorar o dinheiro em vez de eles levarem a sério eles decidiram se apaixonar, soltar o ar depressa demais, um pouco de choro escorrendo do nariz até a boca.

Não falei nada disso, sentei na frente deles e comi o sanduíche, ainda bastante viva.

Carlota Joaquina teve muitíssimos amantes e não foi feliz. Dom Pedro I se atrapalhou bastante com seus amores – tenho um professor que gosta muito dessas questões da História. Se meus pais lessem mais eles saberiam que só estão complicando as coisas.

– Quero que o Leonardo pague outra escola pra mim.

VINTE E UM

Na escola eles explicam uma porção de coisas mesmo, tem hora que eu me espanto de ser capaz de aprender tanto, matérias que meus pais nem sabem. Mas é impressionante como tem coisa muito mais próxima que ninguém explica e o resultado é que a gente se torna um desenho geométrico muito estranho que tem um núcleo vazio e sem forma e em volta um monte de partículas de saber que vão ficando tão distantes.

Por exemplo, um guarda de trânsito. Quem coloca ele ali? Quem paga esse homem? Se eu pudesse chutar diria que é a prefeitura, mas eu chutaria prefeitura para tudo. Ou, ainda, quando meus pais chamam em casa um homem pra consertar alguma coisa, e dão muito pouco dinheiro, é evidente que aquele homem não estudou, e então quem ensina um adulto que não estudou a fazer algo que é tão difícil que dois adultos que estudaram não conseguem fazer? A prefeitura também?

Eu passo muito tempo imaginando que o Carlos vem me pedir desculpas e dizer que ele fez tudo aquilo porque me amava, e a outra parte do tempo eu fico imaginando órgãos em que as pessoas se cadastram e são chamadas para coisas que promovem outros cadastros e, a partir disso, tudo vai funcionando, porque não tem outra explicação para o mundo funcionar.

O Leonardo tem um carro, que ele usa pra visitar clientes de lojas distantes ou pra viajar. Ele levou a gente pra almoçar num lugar longe, num domingo, tinha cabras. No caminho choveu bastante e eu só conseguia pensar que a minha escola tem falhas gravíssimas, porque o limpador de para-brisas ia e vinha e era impossível adivinhar o mecanismo, e eu sei o nome de pessoas que viveram 500 anos atrás, mas não consigo imaginar uma engrenagem que explique esse movimento que parece uma dancinha de dedos e que sempre para nos mesmos pontos, cada sistema que imagino depende de um outro sistema que faça o primeiro sistema se mexer e quando eu vejo minha engenhoca mental precisa de um copiloto que fique para sempre girando uma manivela.

O que é maluco, porque eu me importo muito com o limpador de para-brisas sendo que existe todo um veículo em movimento que eu não consigo explicar. E eles deveriam ensinar, porque, se isso fosse uma coisa que a gente entendesse sozinho, estaríamos desenvolvendo carros e não tentando beijar um menino no corredor.

As pessoas também dizem coisas que impressionam. Tipo uma vizinha que disse pra minha mãe que o filho mais velho nunca criou juízo, e, segurando umas sacolas e a porta do elevador, a minha mãe respondeu que uma hora ele ia dar certo. Então é possível uma criança não crescer direito, não dar certo. Não adianta eu ficar aqui esperando a minha vez chegar, pode ser que eu não aprenda, que o tempo passe e eu ainda não saiba resolver nada da minha vida. Fico pensando quando será que a gente percebe que não vamos dar certo.

E também na loja uma vez entrou um senhor e minha mãe tentou ser gentil e perguntou como estava o irmão dele. Ele respondeu bem depressa: o meu irmão, deus o chamou.

Eu nunca tinha escutado alguém falar dessa forma, daí eu entendi que é por isso que a morte normalmente faz tanto barulho e escândalo, é deus gritando bem alto o nome da pessoa até ela obedecer. No caso do meu vizinho que ficou muito tempo morto sozinho é porque bastou um sussurro de deus e ele já foi.

Como eu não quero ficar sozinha morta, quando deus me chamar vou correr e fugir até meu nome ecoar por todas as nuvens e só vou morrer quando todos estiverem ouvindo MARIA CARMEM numa voz bem forte dentro do ouvido.

VINTE E DOIS

Os vizinhos às vezes chegam a passar meia hora sem entrar no prédio, nenhum entra. Fico muito tempo sem abrir mentalmente o portão pra ninguém e isso me faz pensar nos criminosos presos, como será que eles aguentam, muito, muito tempo sem abrir o portão pra ninguém, nem pra eles mesmos, e quando finalmente o dia acaba você dorme e começa outro igual. Ainda se fossem só homens, podiam prender todos, mas me dei conta de que tem mulheres presas, muitíssimas, paradas lá, e só de pensar nisso aparecem grades na minha janela.

Uma curiosidade que você talvez jamais desvende. É uma pergunta do questionário do Leonardo. Se eu pular daqui de cima segurando muito firme um guarda-chuva gigante, queria saber se eu flutuo até o chão devagar. Ou se eu morro na rua de um jeito muito feio e minha mãe vai achar que é culpa dela. De certa forma tudo é um pouco culpa dela.

É provável que o guarda-chuva me segure, porque é o mesmo mecanismo do paraquedas. O Leo, que não tem intimidade com a porta, achou que ela estava trancada de novo e eu abri pra ele. Perguntou se eu não queria entregar o que já tinha respondido do questionário, assim ele ia me conhecendo aos poucos.

Ele tem uma barba bem grossa e mesmo assim a boca continua grande e forte e cheia de lábios e quando diz questionário ele mantém a boca um pouco aberta no final e acho que é até mais bonito que o meu pai e eu fico pensando como será que o meu pai consegue gostar tanto dele, eu ia querer dar um soco até a cara ficar feia.

Ele falou que se eu quisesse eu poderia fazer um questionário também, mas as respostas dele nunca seriam tão legais quanto as minhas.

– Porque você não está mais no banho-maria, né?

Ele sorriu tanto quando eu disse isso que desconfio que essa história de banho-maria foi ele quem disse pra minha mãe. Meus pais agora vão no teatro, veem muito mais filmes, levam livros na bolsa, fica parecendo que eu contratei o Leo pra salvar nossa vida toda, dá até medo de quando ele for embora todos saltarem de guarda-chuva aqui da minha janela.

Porque ele iria embora, cedo ou tarde, eu já imaginava. Os namoros acabam, quanto mais pessoas envolvidas, então, mais rápido devem acabar. Brigas totalmente dinâmicas. Daí meus pais vão precisar de mim e eu vou pôr a mesa e abrir pães, e explicar que a vida é assim, que eles ainda vão conhecer muitas pessoas e logo não vão se lembrar mais do Leo, que ainda são jovens e podem ter muitos namoradinhos, e eles vão querer brigar comigo perguntando como eles fizeram uma menina tão cínica, eles gostam de falar que a fornecedora de colchão pneumático da loja é uma cínica, mas eles não vão ter forças porque estarão despedaçados e vão me pedir um abraço de pé no tapete da sala.

Ou então podia ser que meu pai fosse embora, junto com o Leo. Não era possível que eles não estivessem prevendo tudo isso. Eu acho que família é um vaso muito rígido, se você dobrar ou esticar demais ou enfiar muita coisa dentro tudo quebra em um milhão de cacos. Família é um vaso que quebra até por excesso de flores.

Pode ser também que eles não fiquem preocupados que as coisas deem sempre certo, só querem coisas, não importa o rumo delas. E um dia eles vão passar a noite toda discutindo os três, muitos gritos, muito choro, e vão ficar cada um num canto da sala o mais longe possível um do outro, um triângulo enorme, muitos silêncios, daí enfim eles dormem e acordam e o meu pai está com uma mala grande e o Leonardo coloca no carro dele, e minha mãe chora e eu seguro a mão dela, eu sou a única coisa que ela tem e ela aperta bem forte, e tudo isso eu via naquela hora com o Leo bonito folheando o questionário e esperando que eu fizesse um questionário pra ele e sendo essa pessoa excessivamente fascinante que vai sacudir toda essa casa e depois ir embora que nem um terremoto derrubando até a minha porta emperrada que pesa tantos quilos, eu não precisava fazer um questionário pra ele.

– Eu acho que já te conheço muito bem, Leo.

VINTE E TRÊS

Minha mãe espanava as prateleiras e eu fazia uma lição no balcão, era um sábado demorado. Estava bem frio, mas eu achava que não devíamos deixar a porta da loja fechada porque era um obstáculo a mais para fregueses já não muito entusiasmados.

Meu pai estava em algum lugar com o Leonardo, eles viriam depois levar a gente pra almoçar. Só que ainda era mais ou menos como se a nossa conversa não tivesse acontecido e eu tentava ver o Leo como um amigo da família, e eles não se encostavam na minha frente e eu imaginei que se tudo continuasse assim uma hora eles iam esquecer que namoravam e ia ficar tudo bem. E às vezes eu perguntava se o Leo tinha mesmo de vir, embora no fundo eu gostasse muito mais quando ele vinha.

Quando eles chegaram, cheios de abraços e agasalhos e vozes demais na loja tão quieta, fomos nos ajeitando pra fechar, mas entrou uma mulher chorando. Ela falava no celular e não parava de chorar, e não nos dizia nada, só ia tentando rabiscar na própria mão o que a outra pessoa ia dizendo, e chorava. Ficamos os quatro parados em volta dela, todos provavelmente torcendo pra que tivéssemos ali tudo que ela precisasse.

O cabelo dela estava enlouquecido. Por baixo da jaqueta longa eu percebi que ela estava de pijama, e um chinelo com meia. Ela chorava muito e apressava a pessoa do celular porque a loja ia fechar, e o Leo fez um gesto pra tranquilizar, mas ela não viu.

Ela pediu sondas, bolsas intestinais, imobilizadores de pescoço, todos os tubos possíveis para alimentar e desalimentar uma pessoa, sustentadores de coluna. Meu pai ia registrando no computador e a soma ia ficando imensa e eu queria cochichar pra ele não cobrar uma ou outra coisa. Minha mãe demorou um pouco, mas desceu com tudo aquilo. Eu fui embalando e enquanto eu embrulhava eu sentia que ela estava comprando uma pessoa inteira, que talvez nem fosse um velhinho, porque normalmente não se envelhece de repente trazendo tanto susto e choro, ninguém nunca tinha entrado tão abalado na loja, e eu fiquei com mais esse medo, que um tipo especial de velhice pudesse chegar assim de repente.

Ela fez alguma pergunta técnica sobre uma das sondas, que o Leo teve a iniciativa de responder, e por mais que ele tenha sido sutil a mulher voltou a chorar, e eu também tive muita vontade de chorar. Ela foi em direção à porta e eu puxei um cobertorzinho azul que era só uma frescura que a gente vendia, alguma facilidade a mais para lavar, corri até ela e entreguei.

Ela me olhou, depois olhou pra eles, e quase me sorriu, depois foi embora, pra montar essa nova pessoa e depois cobri-la com o meu presente.

Eu tenho vontade de matar todo mundo que está sofrendo. Nos filmes e na televisão, quando o personagem está muito machucado, muito sujo, ou vivendo algo terrível eu fico esperando que morra logo, porque é tudo insuportável.

Mas daí quando as coisas ficaram daquele jeito na escola e eu pensei que era o momento ideal para testar a história de pular de guarda-chuva pela janela – porque se desse errado e eu morresse seria ótimo também –, acho que eu descobri que não é bem assim. Porque está tudo horroroso, eu odeio ir pra lá, fico tapando os olhos com as mãos em alguns ângulos pra não enxergar determinados colegas, mas os dias vão sendo iguais e de alguma maneira a gente se acostuma. E se eu quisesse morrer não ficava toda hora controlando a respiração pra ter certeza que não estava morrendo em silêncio.

Talvez a gente sempre se acostume, até essa mulher que saiu da loja transtornada, é possível que ela não pule com o guarda-chuva e daqui a um ano esteja acostumada e pense muito menos em tudo isso, e já não chore, e daqui a cinco anos ela pense que teria sido uma pena pular de guarda-chuva porque as coisas boas continuam existindo, elas sempre existem.

Esse ano também entrou uma senhora cega na loja, ela precisava de um travesseiro especial. Eu perguntei o que tinha a ver o travesseiro especial com não enxergar e ela riu, e respondeu que não tinha nenhuma relação, mas que além de ser cega ela também tinha refluxo. Isso me pareceu absurdo, mas ela parecia feliz naquele dia.

Ela tinha perdido a visão mais ou menos na minha idade, e eu perguntei como ela sabia a minha idade, e ela riu de novo, e disse que era pela minha voz. Daí eu perguntei como ela se sentia todo dia ao acordar e lembrar que não enxergava mais. Ela pareceu um pouco irritada e respondeu perguntando como eu me sentia ao acordar todo dia e lembrar que continuava enxergando.

Eu fui encaixando o travesseiro na sacola bem devagar porque eu não queria que ela fosse embora. Perguntei como ela fazia pra sonhar. Se o sonho era todo escuro e ela só escutava as vozes.

Ela adivinhou que eu já tinha empacotado e pegou o travesseiro da minha mão. Falou que os sonhos eram iguais aos meus, que neles ela nunca era cega, via tudo normalmente como quarenta anos atrás, nem usava a bengala.

Então talvez tenha uma parte da gente que não se acostume, essa parte forte e funda que vem quando a gente dorme. E essa parte é que deve ser perigosa, eu imagino, é essa parte da gente que faz querer experimentar o guarda-chuva pela janela até lá embaixo, sem saber se ele vai descer flutuando devagar ou se vai terminar tudo de uma vez, muito rápido, muito forte. Essa parte que não se acostuma.

VINTE E QUATRO

Entrei em casa e a minha mãe estava deitada no sofá, a cabeça no colo do Leonardo. Ela fez que ia levantar, mas ele segurou de leve no ombro dela por baixo do cabelo, sem parar de sorrir pra mim.

– Por que vocês nunca vão na casa do Leonardo, hein?

Minha mãe ficou sem graça e continuou tentando se sentar mas agora o Leo segurava com outros poderes porque as mãos estavam bonitas atrás da própria cabeça como se ele não se abalasse com a minha pergunta.

– Eu moro com os meus pais, Carmelina.

– Ah, pensei que você fosse rico.

Ele riu e disse que ainda morava com os pais porque gostava muito deles e tudo ia bem lá. Eu não sabia que isso era possível. Achava que tinha uma lei que proibisse, que em dado momento a prefeitura vinha tirar o jovem da casa dos pais.

Achei bom, assim eu posso continuar aqui com eles pra sempre. Nunca vou precisar aquecer a pizza velha no micro-ondas só porque não sei mexer no forno.

Eu só tinha muita vontade de morar sozinha por causa do banheiro. Minha mãe toma uns remédios que impedem de menstruar. Ela passa muitos e muitos meses sem menstruar, e eu achava isso uma coisa maravilhosa, porque menstruar e fazer cocô me pareciam coisas incompatíveis com a humanidade.

Tinha impressão de que não era possível ser uma mulher bonita e desejada e amada e ao mesmo tempo, quando ninguém está olhando, simplesmente menstruar e fazer cocô. E eu ficava pensando que coisa terrível se o Leo começasse a imaginar a minha mãe menstruada no banheiro fazendo cocô, isso seria completamente o contrário do amor. Depois eu lembrava que ele e meu pai também tinham essa coisa de ir no banheiro, como aparentemente todo mundo tem, e eu fiquei com um nojo imenso, eu decidi que as pessoas deviam viver sozinhas pra que nunca ninguém soubesse que o outro está no banheiro porque a imaginação é uma coisa terrível e incontrolável.

Por isso quando sentia dor de barriga eu olhava mil vezes pra os dois lados do corredor do apartamento, e conferia se minha entrada no banheiro passaria despercebida, e se houvesse a chance de alguém tentar abrir a porta e descobrir que eu estava ali e que eu demorava mais de um minuto, eu simplesmente desistia. Segurava a dor. E descobri que, milagrosamente, a dor passava.

Daí eu mesma comecei a menstruar e as coisas ficaram impossíveis, acho que de certa forma eu concluí que eu não poderia ser duas coisas tão abomináveis juntas, então devo ter decidido que eu seria uma pessoa que não faria cocô.

Eu estava levando isso bastante a sério nessa época. Cada vez que a situação ficava insustentável e – com a casa absolutamente em silêncio – eu me permitia ir ao banheiro, sentia uma culpa terrível, eu era uma monstra suja, e era importante que ninguém desconfiasse, tomava um banho longo, perfumava o banheiro, cobria o lixo com papéis limpos. Às vezes a minha barriga dobrava de tamanho e ficava dura, e até saíam lágrimas quando eu me sentava na privada.

Mas tudo bem, porque meu projeto de ser uma pessoa totalmente limpa e livre desse despropósito ia muito bem, cada vez passavam mais dias sem que eu fosse ao banheiro. Sempre que o Leo estava em casa eu fazia questão de ficar bastante tempo na sala pra ele ver que eu chegava da escola e não ia ao banheiro, e assim que entrava para o banho era preciso abrir depressa a água pra que nem passasse pela cabeça dele que eu estivesse sentada fazendo cocô.

Fiquei do lado dos dois no sofá e perguntei da loja. O Leo contou de um aparelho novo e eu gostei da explicação. Minha mãe perguntou da escola, e continuava tudo muito ruim então eu só respondi que estava tudo bem. A minha mãe enfim conseguiu se levantar do colo dele e sentar, o cabelo bem armado e gigante, enfiado nas argolas do brinco.

O Leo foi fazer o jantar, mas eu comi mal porque não conseguia parar de imaginar tudo o que tinha no prato deles se transformando em cocô e depois os três com a cara deformada no banheiro suando, um na porta esperando o outro sair, e achei todo mundo asqueroso e triste. E decidi que eu não queria morar com meus pais depois que eu crescesse, era fundamental que todo mundo vivesse sozinho porque a sujeira dos outros era nojentíssima.

VINTE E CINCO

A vizinha que não gostava de sexo e tinha 15 anos tocou lá em casa com a amiga que a gente tinha conhecido no começo do ano no bar. Elas queriam saber se eu queria ouvir umas músicas.

No quarto dela eu deitei de bruços na cama porque minha barriga doía e essa era a maneira que eu tinha encontrado de fazer carinho no intestino. A vizinha perguntou quem era esse homem que estava toda hora na minha casa. Perguntou olhando pra amiga, e as duas riram. Quis saber por que elas estavam rindo, e uma acusou a outra de achá-lo uma delícia.

Eu me irritei e respondi que era o namorado da minha mãe, e elas pareceram desapontadas. Depois disseram que não sabiam que meus pais tinham se separado, e eu acabei não falando mais nada.

A gente ficou ouvindo um monte de música que eu não gostava. A amiga bonita estava menstruada e a vizinha trouxe pra ela uma bolsa de água quente, depois ficou passando os dedos no cabelo dela pra passar a cólica, e eu comecei a achar que menstruar podia ser bonito, que não tem nada a ver com cocô, ninguém faz carinho no seu cabelo quando você está fazendo cocô.

A amiga perguntou o que eu tinha feito sobre aquele menino da minha sala que era incrível, e eu contei que tinha tentado beijar o Carlos no corredor e tudo deu errado. Ela se ergueu e levantou a bolsa de água quente num espanto, como se a bolsa estivesse atrapalhando a visão, depois riu muito e disse que não acreditava.

Eu falei que era ela quem tinha me mandado tomar uma atitude, e ela riu mais ainda, e a vizinha perguntou se eu pularia da janela se ela mandasse. Eu fiquei pensando na história de pular de guarda-chuva.

Na verdade eu tinha vontade de pedir ajuda, eu queria que elas fossem no meu colégio e falassem pra eles pararem de se atirar no chão quando me viam, que eu obviamente não ia mais tentar beijar ninguém na minha vida. Mas elas estavam rindo e cantando ao mesmo tempo, depois jogavam a bolsa de água quente de uma para a outra, e eu já estava meio me levantando e querendo ir embora quando uma delas jogou a bolsa térmica pra mim e eu peguei, e fiquei segurando um tempo, era morna e macia, dava vontade de abraçar, e apertei contra o meu peito e elas me olhavam com as mãos erguidas esperando que eu atirasse de volta, mas eu fui ficando quentinha e lenta, e chorei.

VINTE E SEIS

Entre idas e vindas com maior ou menor sucesso, eu avançava na luta por uma vida sem cocô, quando abri mentalmente o portão para um pessoal de um pequeno carreto de mudanças. Junto com eles subiram o Leo e o meu pai, e foram acomodando um monte de coisas no quarto deles.

Veio também uma cômoda antiga que minha mãe mais tarde falou que é maravilhosa. Eles foram carregando as caixas e malas sem olhar pra mim, provavelmente de propósito, e eu fui sentindo tipo um redemoinho de solidão começando a fazer um vento circular em volta de mim parada na janela. Fiquei imaginando como seria bom abrir o guarda-chuva e pular, a minha mãe voltaria do quarto reclamando do peso da última mala e notaria primeiro o espaço em que eu antes estava, agora sem mim, depois a janela, um vento pequeno na janela, eu talvez descendo lentamente com o guarda-chuva, ou eu lá embaixo caída, todos gritando na rua.

As pessoas no geral sempre brincam que sua mãe vai arrumar um irmãozinho e você vai dividir seu quarto, sua vida, seu dinheiro. Um adulto vindo morar na sua casa é uma coisa que pesa dez vezes mais que um irmãozinho, todos os objetos parecem que mudam de cara, dão as costas, uns quadros novos na parede magoando os quadros antigos, a geladeira começa a ter coisas que não são as coisas da sua família, é como se você estivesse fazendo uma longa viagem na sua própria casa, e eu agora era a visita, a visita que eles iam aguardar ansiosamente que completasse logo os 18 anos e fosse pra qualquer outro lugar que não atrapalhasse esse amor lindo que crescia ali bem na minha frente numa cirandinha em que eu nunca poderia caber.

Eu me fechei no quarto, de bruços, a barriga dura, fones de ouvido para não ouvir as passadas, os risos animadíssimos, o time todo envolvido na organização de um lar que era cada vez menos meu. O Leo continuava sem intimidade com a porta, bateu de leve e logo desistiu, minha mãe entrou mais tarde daquele jeito que ela entra como se o quarto fosse dela e eu fosse dela também.

– Claro que deviam ter me perguntado, vocês estão botando outra pessoa pra morar com a gente, é obvio que eu não quero.

– Mas, Carmem! É uma pessoa que você gosta, não é?

– Não importa.

– Então se o seu pai fosse embora um dia eu nunca mais ia poder casar?

Eu não tinha pensado nisso, na época que eu queria que os meus pais se separassem de toda forma eu corria o risco de estranhos me vendo entrar no banheiro.

Ela não se movia sentada na minha cama, parecia que não ia sair dali enquanto eu não dissesse que era a mais feliz de todas as crianças.

– Mãe, é como se eu estivesse com o meu prato de todo o dia, cheio de arroz, legume e um bife gigante, e estivesse começando a comer, e você colocasse um frango frito inteiro em cima. Eu adoro frango, e não é por isso que faria qualquer sentido!

Eu odiei a minha metáfora, achei que minha mãe fosse dar risada, mas ela começou a chorar. Bem devagar e bonito, que nem filme. Ela disse que eu tinha razão, que tudo isso era muito confuso, que as pessoas estudavam e faziam teorias e se ajudavam a entender, mas que no fundo dessa vez quem diria a verdade das coisas seria eu.

De repente isso ficou muito pesado, justo eu, em banho-maria, sem saber verdade nenhuma, falando de bife com frango frito. No fundo talvez eu só achasse ruim que a minha mãe tivesse dois homens enquanto eu nunca na vida teria nenhum.

Ela falou que não devia ter feito tudo desse jeito, mas que eles estavam tão felizes e animados que pensaram que eu ia achar divertido, mais uma pessoa pra me distrair. Falou que se até o final da semana eu não mudasse de opinião, ela ia conversar com os meninos. Disse assim, os meninos.

Fiquei pensando que agora a gente oficialmente teria um carro pra viajar no fim de semana. E talvez o Leo convencesse os dois a terem um cachorro. E não era mais só eles dois contra mim, agora eu tinha uma chance de formar equipes de argumentos.

– Vocês dois são muito precipitados.

Eu disse isso porque é uma frase bem adulta, mas era mentira, eu no lugar deles teria trazido o menino pra morar comigo na primeira semana, apesar da questão do banheiro. De toda forma gostei da maneira como saiu da minha boca, bem melhor que o bife e o frango frito.

Não deixei mais o quarto e achei que eles fossem ligar música e dançar e brindar na sala, mas de vez em quando eu tirava os fones e a casa estava quieta. Talvez estivessem cochichando.

VINTE E SETE

Antes de completar a semana em que eu supostamente teria de mudar de ideia ou minha mãe conversaria a sério com os meninos – o que, confesso, estava me dando muita vontade de testar –, o Leo estava em pé, bonito do lado da cafeteira, meu pai na loja, minha mãe fingindo que estava à vontade de camisola no sofá mas eu sabia que não estava porque a minha presença agora trazia um novo tipo de timidez, e o Leo mexia no celular enquanto eu ensaiava coragem de apontar que a cafeteira já tinha terminado de fazer o café, quando ele ergueu a cara da tela e disse com muito mais animação do que eu estava preparada pra receber:

– Uma criança grátis na hospedagem!

Ele queria que a gente buscasse o papai pra fechar a loja depois do almoço e fôssemos passar uma noite num hotel muito perto, tinha tobogã e refeições, e a tal da criança grátis na hospedagem. Fiquei quieta uns instantes imaginando que agora além de tudo eles queriam outra criança, uma criança grátis, uma menina amarelada e triste que ficava abaixada em silêncio no escuro dentro de cada quarto esperando o hóspede que enfim a levaria, de graça, depois do tobogã e das refeições inclusas.

Ri sozinha, o que ele achou que fosse vontade louca de estar nesse tobogã. Depois eu senti que essa gratuidade na minha hospedagem piorava as coisas, eu continuava à borda de tudo, uma rebarba, como meu pai falou pro fornecedor de assento sanitário, que não é bom porque na frente tem rebarbas, eu era um extra que não faz impacto nem no turismo, uma menina sem custo e que se custasse alguma coisa ninguém levaria.

Minha mãe fez uma voz exagerada sobre nossa-lá--deve-ter-um-monte-de-crianças, como se ela não me conhecesse, como se ela não soubesse que essas crianças iam correr por todos os lados em volta de mim e que eu fico ridícula de maiô e morro de medo de tobogã.

Fomos.

Eu estava numa semana bastante eficaz no combate ao cocô, até porque o Leo ficava em casa o tempo todo de noite, seria impossível enganá-lo, ele notaria qualquer minuto a mais no banheiro, talvez tentasse abrir a porta e percebesse que estava trancada e daí eu não poderia sair dali nunca mais, até alguém arrombar e concluir que eu estava desmaiada, e de modo algum fazendo cocô.

Eles foram os três pra piscina e eu fiquei observando de longe pra ver como eles iam se comportar em público, ainda mais num lugar assim em que evidentemente nós quatro detestamos todo mundo, se os três se beijassem os pais iam retirar todos os filhos da piscina, um escândalo. Mas, não sei, na verdade acho que os adultos não se beijam muito, vi uma reportagem uma vez dizendo que os casais mais velhos deviam se beijar mais porque faz bem.

Na janta eu comi demais, demais mesmo. Tinha doce de leite e brigadeiro. O quarto tinha só um cantinho pra mim, sem privacidade, porque eu era uma criança grátis, e obviamente tinha apenas um banheiro para os quatro. Inclusive eu já previa no dia seguinte o espetáculo do cocô coletivo, cada um esperando a sua vez e a imaginação livre para ver o outro sentado no vaso atrás da porta.

Eu me deitei de bruços e pouco antes de amanhecer comecei a sentir a dor inédita, uma dor que me dobrava e se mexia dentro da minha barriga e minha mãe insistia que eu fosse me divertir, que todos estavam ali pra eu me distrair um pouco, e eu tentava dizer que só queria descansar mas a minha voz saía tremida e engolida pelo monstro que crescia dentro de mim, e eu comecei a ter certeza que ia morrer e tentava controlar a respiração, fundo, segura, solta, e ela colocou a mão na minha testa suada e fria, e eu não podia dizer nada, daí inventei sintomas que não existiam, despistei o lugar da dor desviando para qualquer ponto fora da minha barriga, mas o Leo brincou que eu só precisava conversar com a privada e isso me deixou irritadíssima e eu praticamente gritei, num último fôlego, que a dor era nas costas, e chegaram em pedra nos rins, o que me pareceu higiênico e bonito de se apresentar aos outros.

Eles não podiam imaginar que eu não ia ao banheiro há um milhão de dias e então a minha dor talvez estivesse de fato à altura de pedras nos rins, mas a minha barriga escondida no colchão na verdade estava imensa e dura e nos últimos dias eu vinha gostando de alisar no espelho como se estivesse grávida. Tentaram me sentar na cama e eu percebi que isso já não era muito possível, sentar pressionava alguma coisa afiada e rígida mais para fundo dentro de mim, e comprimia ainda mais o monstro de que eu aparentemente estava grávida, mas àquela altura eu ainda tentava me convencer de que eu só estava um passo além na luta, que uma vida sem cocô exigia mesmo vencer todos os estágios, e que tudo aquilo seria reabsorvido e eu enfim me habituaria.

Fui deitada de bruços no carro, as pernas no colo da minha mãe que alisava meus rins e às vezes apalpava duvidando do diagnóstico, e comecei a ter medo de que o monstro fosse esticar os braços com tanta força dentro de mim que rasgaria minha barriga e espalharia cocô por todo o banco do Leo, e eu pularia do carro em movimento.

Entramos num hospital, o Leo tentou me fazer caminhar, mas as pernas dobravam inflamadas, talvez meu bumbum estivesse roxo aparecendo por baixo da camisola que justo hoje era do Mickey, o médico provavelmente me achando grande demais para uma camisola do Michey, e quem sabe minha mãe com o ela-só-tem-tamanho, e eu com o meu tamanho de repente deitada numa maca, a barriga para cima agora enfim chocando toda a família, talvez eles estivessem se olhando e se perguntando onde foi que erraram, e meu pai assinando todos os papéis e apresentando a carteirinha do convênio, a criança permanecendo mais ou menos grátis.

O médico era imenso, esse sim, muito tamanho, e me deu dois pequenos golpes com o dedão na barriga e eu gani de dor e fui rapidamente desmascarada, eu era um indiscutível bolo duro de cocô, e ele perguntou à minha mãe quando foi a última evacuação e ela chorou de imediato, ela não tinha a mínima ideia, a criança grátis nunca tinha dado um problema desses, agora isto assim bem ali na frente deles, e eu rezando Minha-Nossa-Senhora-dos-Banheiros-Compartilhados que alguém diminuísse a minha humilhação, que alguém pelo menos fechasse alguma porta e tirasse minha numerosa família dali.

Uma vez que eu já era um caso clínico e hospitalizado, o monstro resolveu doer em todo o seu potencial, e no fim das contas eu parecia realmente uma grávida segurando as duas grades laterais da cama e olhando espantada a própria barriga estufada e em chamas, com a diferença de que todos ali sabiam o que vinha daquele parto.

Os meninos estavam lá fora, minha mãe segurava minha mão e chorava, a enfermeira apertou duas bisnagas gigantes por baixo da minha camisola e elas subiram depressa ardendo por dentro de mim. A enfermeira estranhamente sorria, e dizia que pronto, tudo bem, agora eu só precisava aguentar um pouco e ela me ajudaria a andar até o banheirinho, e o banheirinho praticamente não tinha porta, tinha grades laterais como as da cama, para os sofredores se agarrarem e se sustentarem quando mais nada tinha importância na vida. Eu arrumei e controlei minha respiração pra ter certeza de que não morreria ali naquele banheiro de pé e alguém teria de limpar meu corpo.

Eu pedi pra minha mãe sair e ela me olhou muito espantada, mas saiu. O monstro começou a chutar e grunhir, e a moça dizia que eu precisava relaxar, que eu não podia mais segurar nada, mas eu não tinha certeza se estava contraindo ou relaxando, já quase esperava por injeções e que um cirurgião viesse abrir minha barriga.

Fui e voltei do banheirinho duas vezes, sem nenhum sucesso. Mas já não conseguia me iludir que estivesse vencendo a luta, o cocô se fazia muito evidente. Ao voltar pra cama, não conseguia de forma alguma sentar sem ser esfaqueada por baixo e eu gritei e ela gritou chamando mais enfermeiros e vieram dois que me ergueram pelos pés, e em seguida veio o médico colocando as luvas nas suas mãos gigantes e por trás dele acudiram minha mãe e meu pai e até o Leo, e eu olhei pro Leo e dei o grito mais forte da minha vida, SAI, e esse sai que eu gritei doeu da garganta até a base da barriga e ele correu pra fora do quarto imediatamente, o que não resolveu tudo porque ficaram ali meu pai e minha mãe segurando cada braço meu, e os enfermeiros imobilizando as pernas me virando de lado, e então já não havia mais o que salvar ou o que perder, e eu comecei todos os gritos que eu conhecia, e outros que foram se formando na hora e que eu nem sabia que eu era capaz de fazer.

O cirurgião não abriu minha barriga, mas puxou com a própria mão o monstro empedrado em pedaços laminosos, e demorou dois quilos até eu conseguir respirar em quase silêncio, depois as lavagens e os soros e o mais indigno de todos os banhos que eu já tomei, a enfermeira mirando com o chuveirinho feito uma mangueira de jardim. Eu tinha ficado inteira do avesso na frente dos meus pais, todo o cocô da semana ali indisfarçável atrás de mim em cima da cama, e a camisola do Mickey, e o Leonardo lá fora esperando não apenas uns minutinhos de um banheiro trancado, mas horas e horas e horas.

De noite, quase de madrugada, o carro era o maior silêncio que eu já tinha vivido. Minha mãe chorava de novo, a cara na janela, a mão no meu cabelo no colo dela, e eu era menos que uma criança grátis, eu não tinha valor nenhum, eu com uma roupa desconfortável que o Leo tinha ido buscar pra mim e escolheu sem intimidade com a porta, sem intimidade com o armário, ou comigo, ou com coisa nenhuma da minha vida.

VINTE E OITO

Algumas músicas também me dão medo de morrer, e eu preciso mudar depressa. É que acho difícil que alguém morra enquanto toca uma música muito ruim, ou engraçada, porque daí a pessoa estaria ali de repente morta e a música continuaria, com uma letra sacana ou um ritmo de dança louca, e isso não é coisa que aconteça. Mas uma música assim mais solene, muito bonita, isso não pode, isso combina demais com a morte e não se pode fornecer um cenário assim tão ideal pra ela.

O questionário do Leo perguntava que tipo de música eu gosto de ouvir e eu respondi que eu gostava mesmo era de músicas que podiam favorecer a morte, mas que agora eu tinha aprendido a evitar. Ele veio sozinho me perguntar o que eu queria dizer com isso, e eu liguei pra ele uma música linda que a minha mãe adorava, não tinha letra, só tinha piano e violino, e eu mostrei pra ele que nós dois podíamos morrer a qualquer instante e a música continuaria tocando e tudo bem, meus pais iam nos ver ali caídos e a música estaria perfeita, mas se a gente só escutasse música que canta de bunda, de peito ou de churrasco a gente nunca poderia morrer.

Ele perguntou o que eu fico escutando no fone de ouvido durante o recreio, e na hora eu nem percebi que ele não tinha como saber que eu fico sozinha escutando música durante o recreio a não ser que a professora tivesse conversado sobre isso com meus pais. Contei que no recreio às vezes eu perco o medo de morrer e fico escutando músicas muito boas, mas o que eu não expliquei é que não é exatamente só que eu perco o medo, no recreio eu ouço as músicas boas porque é quase como se a morte pudesse chegar ali, de imediato, e eu fico esperando meio com vontade, porque seria bonito, a música ia continuar no meu ouvido, e as pessoas iam chegar todas juntas, tocar em mim, tentar me levantar, e elas veriam que é tarde demais, que não adianta, e o Carlos ia pegar o meu fone caído no chão e ouvir a música, e ficar ouvindo muitas vezes, a vida inteira, sem conseguir parar.

Mas um pouco depois do episódio do hospital aconteceu de eu escutar uma música realmente muito adequada para a morte. Eu estava encostada na escadaria da escola, muitas perninhas desciam animadas do meu lado e eu percebi que o cenário estava ideal demais, que a morte ia chegar ali mesmo e alguns alunos pisariam em mim porque não daria tempo de pararem de correr, e eu tive tanta certeza e tanto medo que comecei a controlar a respiração pra verificar se estava tudo bem, eu me arrependi de querer morrer, respirava muito fundo e soltava devagar, mas tive a impressão de que não estava dando certo, e respirei muito forte e fundo, e depressa demais, respirei muito e muito, porque eu achava que o ar não estava entrando, mas na verdade estava entrando ar demais, e eu desmaiei, foi meio incrível, isso nunca tinha acontecido, mas acordei em seguida, só alguns meninos me olhando, uma menina me dando uns tapinhas na cara, alguém disse que eu estava viva, saíram andando, e eu estava mesmo viva, mas foi por muito pouco.

VINTE E NOVE

Chegou na loja o boneco manequim pra ficar ali perto da porta expondo os materiais. Ele era grande, brilhoso, não tinha um rosto desenhado, e feito uma árvore de Natal nós fomos pondo um por um todos os produtos que coubessem nele.

Quando o Leo chegou, deu risada, mas era uma risada misturada um pouco com tristeza. Ele chamou o boneco de Sr. Trágico.

Sr. Trágico tinha os dois braços imobilizados de formas diversas, a cabeça engessada, o pescoço contundido, a coluna sustentada por dois tipos de coletes, uma perna evitando a trombose, a outra enfiada numa bota ortopédica, o joelho também sustentado por uma bandagem terapêutica. Num dos braços estava apoiada uma sonda que saía de dentro do colete. O outro braço estava apoiado no balcão, em cima de um *mouse pad* ergonômico, com apoio contra tendinite.

O manequim estava mesmo numa pior, e a gente nem tinha percebido, fomos só imobilizando um por um cada pedacinho, e eu fiquei pensando se é possível que nas famílias também seja assim, vão comprando os produtos e pondo no velhinho até um dia chegarem em casa e se darem conta de que têm um Sr. Trágico apoiado no sofá.

Fomos andando pra casa e o Leo falou que achava melhor deixar o manequim bem bonito, com uma roupa confortável e só uns dois ou três aparelhos ao mesmo tempo, a gente podia ir trocando com o tempo.

Alinhadas as questões de banheiro – minha mãe concordou que o banheiro dos fundos da cozinha fosse esvaziado de baldes e rodos para virar o meu banheiro –, o Leonardo lá em casa de fato não incomodava. O tempo passava muito mais depressa que antes, o que era ótimo. A comida era melhor, tinha muito mais música, e toda semana ele me entregava um questionário novo. Ele me disse que era impossível terminar de me conhecer.

A aula que eu menos gostava, perguntava o questionário. Claramente educação física. Por quê? Outro dia mesmo a professora tinha dado uma aula inteira só sobre brincadeiras antigas, ela chamou de *clássicas*. A mais longa delas foi pula-cerca.

As crianças ficavam alinhadas numa espécie de trenzinho e o objetivo era chegar logo do outro lado, o caminho era, como numa quadrilha, sempre pulando com as pernas abertas erguidas sobre as costas do coleguinha, e depois se abaixando pra que os próximos saltassem sobre você também.

Maria Carmem, porém, é enorme, precisamos lembrar isso ao questionário. Eu abaixada ali era feito uma rocha bloqueando a visão e a passagem, as meninas começaram a me saltar de mal jeito, às vezes deslizavam pela minha cabeça, e na minha vez de pular me olhavam previamente machucadas como se eu fosse um mamute prestes a me apoiar sobre elas, ao ponto que a professora chegou a dispensar o obstáculo Maria Carmem para as meninas menores, e depois me sugeriu que eu não pulasse por sobre a maioria delas, e tudo isso gerou um atraso na atividade porque todas paravam pra avaliar se seria possível me saltar ou não, e esses eram segundos humilhantes, eu encolhida na quadra, a cabeça entre os braços, elas me examinando, inconformadas, e os pezinhos delicados caminhando ao largo de mim.

Tive a ideia, que ainda não tive coragem de executar, de pegar um ou outro aparelho do Sr. Trágico e usar em mim, cada vez um, pra ser dispensada dessa aula.

TRINTA

Existe um sentimento que eu chamo de pavonha. Pavonha é a mistura de pavor e vergonha. Pavonha é o que a gente sente na escola quando percebe que eles estão olhando e dizendo alguma coisa entre eles, e depois rindo. Primeiro vem um pavor de que talvez alguém machuque você, ou jogue alguma coisa nojenta, mas também vem a vergonha e por isso você não pode olhar pros lados pra conferir se alguém está vindo na sua direção, e quanto mais eles olham mais parece que sua camiseta está encolhendo e você vai ficando cada vez mais evidente e espaçosa e ridícula.

Comecei a ouvir uns burburinhos quando eu passava, justo quando achei que estavam começando a me esquecer. Tinha alguém com celular, mesmo sendo proibido ligar na sala de aula, e esse celular circulava. A pavonha veio muito forte, ficou queimando o estômago, e eu soube que era alguma foto ou alguma coisa que minha mãe tinha publicado e o pai de algum deles tinha visto, e não tinha nada demais, era só o Leo com eles num bar, e o trecho de uma música, talvez eles soubessem porque as pessoas têm um jeito maldoso de ficar sabendo das coisas, e começaram a me encher de perguntas que eu não respondia. Perguntaram se eu fazia sexo com eles também e eu comecei a ficar com vontade de chorar, eram muitas vozes em volta de mim e a professora não chegava nunca, percebi que eles poderiam me bater se eles quisessem, que a professora não chegaria a tempo de impedir nada.

Não paravam de esfregar o celular na minha cara sem que eu conseguisse exatamente ver o que tinha ali e perguntavam se a minha mãe não cansava de dar tanto, se ela não precisava da minha ajuda, e diziam outras coisas que eu não entendia, coisas que certamente só podiam ter sido ditas pelo pai deles porque eles não iam saber dizer sozinhos, e eu tive muito, muito ódio, eu achei que fosse ódio da minha mãe e do meu pai e do Leo, e fiquei procurando esse ódio no meio de tudo que eu sentia, mas talvez esse não viesse direito.

Na saída eles começaram a se arremessar dois ao mesmo tempo sobre mim, porque era assim que o pessoal da minha família gostava, e um deles até machucou o meu ombro trombando muito forte, e eu resolvi correr, o que nunca é uma decisão muito esperta porque todos dão risada quando eu corro, mas eu subi as escadas com a mochila batendo nas costas, eu queria que a vizinha e a amiga nova dela estudassem na minha escola e eu encontrasse com elas no corredor do colegial e que elas me colocassem numa roda de amigas e passassem a mão no meu cabelo enquanto me ajeitavam uma bolsa de água quente entre os braços pra eu apertar.

Eles não me seguiram, o que tirou um pouco do pavor, mas aumentou a vergonha, porque eu cheguei lá em cima ofegante e suada e olhei pra trás e eu não era uma coisa que valia a pena correr atrás, e eles deviam estar juntos rindo e no fundo pensando que eu me esforçava demais por escapar deles, que eles tinham um valor imenso, e descansei uns minutos e fui descendo as escadas completamente sozinha, ninguém mais se ocupando de mim.

A minha mãe conseguia isso, fazer de mim uma pessoa ainda mais sozinha, e ela fazia isso sem querer, apenas por não ser solitária, ao contrário, por ser cada vez menos solitária. Eu queria chegar na escola e abrir o caderno e ler a minha redação de casa em voz alta e receber os parabéns, e deixar as pessoas impressionadas, era só isso que eu esperava de cada dia meu, e que tivesse bisnaguinha com margarina no lanche da noite, e que o Leo pusesse três colheres de chocolate em pó em vez das duas que a minha mãe deixa.

Daí, no dia seguinte, a lousa tinha coisas chamando minha mãe de vagabunda, e eu de vagabundinha, o que eu achei quase carinhoso, ninguém tinha nunca usado o diminutivo pra mim naquela escola, nem fiquei com vontade de apagar. Eles mesmos tiveram de correr pra apagar quando a professora estava entrando e ainda brigaram comigo por não ter apagado, que isso era o mínimo que esperavam de mim, apagar desesperadamente.

No recreio percebi que eles estavam realmente curiosos demais, que o meu silêncio não ia aplacar nada disso, mas parecia que a minha garganta estava apertada, era como se eles estivessem me enforcando, eu era maior que todos eles, mas não que todos eles juntos, e estavam em volta de mim, eu ouvia uma voz de menina que ria, ao mesmo tempo mandava me deixarem em paz, mas sem perder o charme de rir o tempo todo, e com isso até conseguiu distrair dois ou três que foram andando com ela.

Estavam próximos demais e me davam calor, eu nunca tinha sentido tantas pessoas tão perto de mim, e eu não sabia o que mais eles podiam fazer além de chegar muito perto, perguntaram se era isso que eu queria com o Carlos, levar o Carlos pra dormir na minha casa com todo mundo, com toda aquela gente, e eu vi de relance lá no fundo o Carlos olhando pra nós, mas com o fone de ouvido, e fiquei me perguntando se ele tinha desligado a música pra ouvir tudo e só fingir que não estava ouvindo, fiquei querendo que ele também viesse, dessa vez nem imaginei que ele me defendesse, só que ele viesse mesmo, viesse bem perto também e gritasse comigo.

Um dos moleques se irritou e me deu um tapa na cara, não foi assim um tapa muito forte, foi um tapa feio, e um susto, e a agitação foi tanta que eu protegi minha cabeça com as mãos achando que vinham todos me bater, mas parece que eles também não esperavam um tapa desse jeito, e ficaram confusos, com medo do segurança, e me deixaram de novo totalmente sozinha, olhei em volta pra ver se alguém me espiava, ninguém, e foi uma sensação terrível essa de ter tanta gente em volta se divertindo só por causa de você, e de repente não ter mais ninguém, e você já não tem a menor importância.

Em casa minha mãe estava contentíssima, os três em volta da mesa e o Leo demonstrava um plano de alguma coisa que ia promover na loja um evento sensacional, era assim que ele dizia, e eu fiquei sem graça parada do lado tentando entender, e ele não queria parar de falar então pegou na minha mão e foi fazendo um carinho displicente meio parecido com um cumprimento só pra eu não ousar interromper a palestra com a minha chegada.

Eu estava muito animada e ansiosa por arruinar a vida deles com as minhas notícias, mas a vontade foi passando um pouco. Minha mãe com os brincos enormes de argola e os cachos loucos em volta, e ainda fazia um pouco de frio apesar de setembro, e por isso ela tinha uma jaqueta jeans muito linda que um dia ela ia me dar, mas eu não tinha certeza se caberia em mim, os cotovelos apoiados na mesa, e o meu pai olhava muito atento para as mãos do Leo e me pareceu que a ideia dele devia ser tremendamente genial e afinal de contas era pra isso que eu tinha contratado esse moço, e fiquei muito orgulhosa.

Chamei minha mãe no quarto, e ela me mostrou tudo que eles já tinham publicado na internet e que, de fato, cada uma sozinha não podia despertar muita maldade, mas em conjunto parece que eles não faziam outra coisa da vida a não ser estar com o Leo, e ele estava bonitíssimo em quase todas as fotos, o que já chamava muita atenção, e tinha foto deles no piquenique de uma comunidade de amor moderninho, e minha mãe não parava de chorar, cada foto que ela via ela chorava mais forte, e meu pai batia na porta e ela gritava pra ele não entrar, e meu pai tinha intimidade com a porta e sabia que não estava trancada, só não entrou porque ficou com muito medo de nós.

Ela dizia que eu era nova pra tudo isso, que eu não tinha de aguentar, que tudo isso era coisa demais pra mim, e eu achei estranho porque quem estava chorando era ela e talvez tudo isso fosse coisa demais pra ela.

Abracei minha mãe só um pouquinho, porque eu tenho vergonha de abraçar muito, e disse que eu até gostei de ser vagabundinha, mas em vez de rir ela chorou mais, muito mais. Disse que os pais desses meninos deviam ser pessoas terríveis, que ela ia romper com todos eles na internet, e nesse ponto eu dei risada porque eu não estudava na internet, os meus colegas eram bem reais, e aproveitei pra repetir que queria mudar de escola, mas ela chorou ainda mais, não sei se por causa de dinheiro, e comecei a querer que o Leo e o meu pai entrassem porque eu estava fazendo tudo errado, acho que era realmente coisa demais pra mim.

Ela falou que passaria a ser muitíssimo discreta, mas eu disse que não gosto de discreto. Eu gosto de vaga-lume, igual numa lição que eu fiz quando eu era mais nova, lá bem no começo do ano, o vaga-lume que brilha talvez de alegria talvez de dor. Discrição a gente tem quando está fazendo alguma coisa errada.

– Não, Carmem, às vezes a gente é discreto porque os outros são errados.

Dormi muito triste. Parecia que eu tinha batido tantas vezes um lápis e quebrado inteiro por dentro sem perceber, e agora ele não escrevia mais, só quebrava, não adiantava apontar que ele quebrava e quebrava.

TRINTA E UM

Agora, desde que deus demonstrou que não existe ou não liga a mínima para a minha insônia, quando não consigo dormir eu brinco de contar histórias dentro da cabeça, são histórias-que-envolvem-. Fico pensando assim bem quietinha na cama que eu vou contar uma história que envolve animaizinhos, e envolve os meus pais, e o Leo, uma história que envolve macarrão, e uma professora, que envolve meninos de pé bem perto de mim, chamando de vagabundinha, daí se a história começa a envolver coisas muito pesadas eu começo de novo, vou contar uma história que envolve animaizinhos, e um cachorro que gosta de deitar de barriga pra cima, envolve uma viagem de carro pra praia, envolve um filme muito engraçado e cinco amigos novos que interfonam no meu prédio e pedem pra eu descer, envolve bolsa de água quente. Uma história que envolve um desastre de avião em que eu sobrevivo saltando de guarda-chuva sobre o mar, envolve entrevistas à imprensa, envolve coragem, uma história que envolve muitos namorados, ou pelo menos um, envolve bolo de chocolate com doce de leite, envolve dez cavalos azuis. Uma história que envolve vizinho morto, envolve interfone tocando na casa do vizinho morto, envolve deus chamando, envolve uma loja de velhos com produtos desatualizados, envolve sanfona, envolve um garoto perfeito chamado Carlos que não gosta de gordinhas, envolve menstruação e cólica, uma história que envolve o funcionamento dos limpadores de para-brisas na chuva, envolve uma senhora comprando uma coluna nova para o marido, material hipoalergênico. Envolve uma rara doença em que quanto mais se come mais se emagrece. Envolve um pudim em banho-maria. Envolve Maria Carmem, envolve Maria Carmem campeã do concurso de dança na televisão. E de canto. Essa é uma história que envolve homens maus, homens no estágio em que ainda não ficaram bons como meu pai e o Leo, envolve meninos, meninos que são homens muito maus, envolve o diretor de uma escola, envolve uma vizinha que não gosta de sexo e uma amiga que tem cólica, envolve dor de barriga, essa é uma história que envolve cocô, muito cocô, uma história que envolve também o desaparecimento das paredes, as residências pairam no ar, uma história que envolve apartamentos flutuantes sem paredes, envolve chuva enquanto as pessoas veem televisão sem paredes, acenam para o vizinho da casa flutuante ao lado. Uma história que envolve vizinhos que depois de uns meses sem parede já não notam as casas ao lado, uma história que envolve casas sem parede que depois de um tempo ficam como se tivessem parede, e ninguém nota que um vizinho está morto, mesmo sem paredes. Uma história que envolve cheiro de morte, e envolve cheiro de pastel fritando, e envolve um livro publicado em todos os países, uma fila gigante para autógrafos, e envolve dois gatos que aprendem a trancar o cachorro no armário pra roubar a comida dele, e envolve o dia de ir todo mundo pelado no colégio, envolve todos sem coragem de olhar pro colega, e envolve muitos aniversários, e a aquisição de um banheiro próprio, envolve uma loja de jovens em vez de uma loja de velhos, uma loja com música e bebida, envolve as luzes que se mexem dentro do olho quando a gente fecha a pálpebra depois de olhar o lustre, envolve final de novela, e uma criança com as duas mãozinhas no vidro de um aquário gigante tentando entender o polvo. Envolve um polvo lento e rosa. Envolve o barulho do pneu passando devagar na rua molhada de noite. Daí uma hora eu consigo dormir. Dormir envolve muitas coisas.

TRINTA E DOIS

Tinha uma pomba tentando voar com uma sacola plástica presa na asa. Um moço tentou tirar mas ela se debatia e ele não queria encostar nela, ninguém quer encostar numa pomba, ninguém nem liga se atropelar uma pomba, mas aquela estava sofrendo tanto que fazia a gente sofrer, e eu comecei a sentir a minha vontade de que ela morresse, por conta daquilo de que quando existe muito sofrimento eu prefiro que morra logo, quando não sou eu.

Ele segurou pela sacola e ela ficou pendurada de ponta cabeça. Algumas pessoas já estavam paradas em volta torcendo, e começaram a dar uns palpites, segura pela outra alça, isso, agora solta, não! A pomba ficou realmente desesperada, e dava uns voos curtos e desastrados, com a sacola inflando que nem um balão nas costas.

Fiquei impressionada com a mobilização. Eu acho que realmente era só pra evitar que a gente sofresse vendo a pomba entalada, porque uma pomba na cidade não vale nada, soube que elas podem até matar de tão imundas.

Quando eu desmaiei um pouco no meio do pátio, foi quase assim, naquele dia que eu percebi que ia morrer e fiquei respirando muito. Quando levantei tinha um pessoal em volta de mim, pareceu só curiosidade, mas por um instante pode ter sido preocupação.

Talvez se eu caísse do segundo andar ali no meio do pátio muitas pessoas ficassem preocupadas, elas se preocuparam com a pomba, ninguém encosta numa pomba. Também não encostam direito em mim, só pra empurrar e agora pra dar tapa. Talvez se eu estivesse com os braços presos numa enorme sacola que me arrastasse com o vento, daí quem sabe eles iam correr pra tentar me soltar, só pra não serem obrigados a ver a minha cabeça quicando no chão, minhas pernas trombando nas paredes, a minha cara esfolando no piso conforme a ventania, mas iam tomar cuidado pra não tocar as minhas penas, meu bico, meu olhinho amarelo arregalado na cara.

TRINTA E TRÊS

Quando os adultos gritam pode ser mais alto que as crianças, mais alto que uma classe inteira de alunos gritando porque as crianças estão gritando à toa, enquanto os adultos estão cheios de motivos e cada um precisa dizer o seu motivo mais alto que o outro e demonstrar a sua convicção, e às vezes um deles nem está tão convicto de que é o momento de gritar, mas o outro grita tanto que é como se fosse um chamado pro grito do outro que vai crescendo na barriga e quando finalmente vem é mais forte ainda, e às vezes o outro recua, às vezes cresce mais, e agora eram três e não apenas dois adultos gritando e eu não sabia muito bem como entrar em casa sem interromper, mas eles não tinham intenção nenhuma de interromper só porque eu cheguei, meu pai acho que chorava apoiado na mesa da cozinha, a mão apertando uma colher ou batendo a colher contra a outra mão, minha mãe às vezes abria a geladeira nos segundos de silêncio e fechava em seguida, ou discutia enfiando uvas na boca, o Leo gritava também mas tenho a impressão de que com mais cuidado, talvez porque ele não esteja há uns treze anos gritando junto, como meus pais, em treze anos você começa a pular a fase da educação, parece que as coisas já vêm irritadas, um enjoo antes mesmo da fala do outro que você já sabe que enjoa e então por isso parece que são grossos um com o outro mas talvez não, só sejam práticos, já sabem o que o outro vai dizer de irritante então se irritam adiantados.

Ficou bastante claro que tinha a ver com a minha escola, mas tinha mais a ver com as fotos que um deles por óbvio tinha mandado evitar e o outro tinha dito que não, que ninguém aqui tinha de se envergonhar de nada, mas também esqueceram que eu não convivo na escola com adultos maduros que sabem gritar muito alto, eu convivo com animais, era assim que a minha mãe se referiu aos meus colegas e eu sorri um pouco lá no quarto em que eu tinha me enfiado depressa, e a briga também tinha a ver com um deles que talvez fosse a favor de o Leo não morar mais lá, o que evidentemente não adiantaria nada pra mim, e o outro era a favor de examinar os orçamentos mas parece que as escolas interessantes eram mesmo bastante impossíveis de pagar mesmo se o Leo pagasse a maior parte, daí misturaram com alguma noite em que alguém disse algo que não foi legal, e com outro dia em que dois voltaram muito tarde sem dar notícia e o outro ficou muito angustiado e que não foi legal, e misturou não fazerem ideia de que "tudo isso" estava acontecendo comigo e onde eles poderiam estar com a cabeça pra irem tocando as coisas assim, e misturou de novo, agora com o meu pai passar tempo demais no celular e não observar a cara com que eu chego da escola, e isso minha mãe parece ter dito com muitas uvas na boca, e ela gritava palavras como precipitado – que tinha sido uma palavra minha – e meu pai gritava de volta outras ao contrário dessa, e eu já não ouvia a voz do Leo que uma hora parece ter batido uma porta que eu fiquei a noite toda sem saber se era do quarto ou da saída.

De manhã eu soube que ele saiu e não voltou.

TRINTA E QUATRO

Outro desejo cotidiano meu, além da bisnaguinha e o achocolatado, é evitar que pessoas prefiram-que-eu-não-exista. Uma sensação que pode ser vaga, mas estaria bastante ligada ao fato de a minha existência impedir que elas vivam ou tenham algo que queiram muito.

O cúmulo da pessoa preferir que eu não existisse seria uma situação de paixão, o Carlos não poder namorar uma amiga minha porque ela diz pra ele que eu gosto dele e por isso ela não pode gostar dele. Isso seria uma situação clara disso e que me daria desespero, o Carlos preferindo-que-eu-não-exista, mas não tem a menor chance de acontecer porque eu não tenho exatamente uma amiga.

Meus pais ficaram sozinhos em casa, mais ou menos sem se falar, e o Leo ao que tudo indicava tinha sumido um pouco, e talvez só aparecesse pra levar as coisas, e tudo podia dar muito errado e a razão disso era basicamente eu. Tinha três pessoas preferindo que eu não existisse.

E eu nem queria, eu não entendia como as coisas tinham chegado a isso, era sábado e eu estava ajudando na loja de velhos, olhando a porta e achando que todo cliente era o Leo, e que ele vinha com aquele sorriso dele e fazia alguma graça da situação. Qual é a pior coisa de ficar adulto? Era uma pergunta do último questionário dele que eu nem tinha entregado. A pior coisa é ter de fazer coisas pelos outros e não por você mesmo, eu tinha respondido, por exemplo, quando meus pais fazem macarrão com molho branco só porque é o único que eu gosto, mas eles não, eles gostam muito mais de molho de tomate.

Agora estavam ali os três adultos fazendo uma coisa que nenhum queria, por minha causa, eu, aquela que preferiam que não existisse, sendo que nem fui eu quem pediu uma coisa dessas, foram os gritos que saíram do controle e os animais do colégio.

Eu poderia escrever na lousa Vocês não têm nada a ver com isso. Parem de infernizar. Tragam o Leo de volta.

Mas acho que meus pais ficariam furiosos. Eu não sei se os meninos me bateriam, digo, além daquele tapa, não sei se podem ir mais longe, acho que eles não querem perder tempo comigo me seguindo fora da escola, eu não tenho essa importância, quando eles saem andando me esquecem em segundos e eu fico sentindo uma coisa estranha, que é tipo um medo de como será quando eles voltarem, mas nesse medo tem um pouco de vontade de que eles voltem, e isso me dá mais vergonha do que torcer pro criminoso fugir quando tem sirene de polícia.

Meu pai trouxe almoço na loja. Macarrão com molho de tomate.

TRINTA E CINCO

Depois o Leo apareceu sem dizer nada e ficou por ali, era de noite e meu pai tinha ligado a televisão, mas agora que a gente tinha internet na TV ele ligava uns programas sobre bichos e natureza, uns vídeos bem de perto mesmo, coloridos e cheios de explicações.

O Leo entrou e sentou ali do lado deles, na frente da TV e dos animais, a voz do narrador é bem macia, meu pai diz que é bom pra dar sono, mas eu não durmo porque fico prestando atenção. Minha mãe fez um sinal pra mim e eu fui até lá, sentei numa almofada no chão pra assistir também.

Ficamos ali bem sérios vendo um programa legendado sobre animais selvagens, e que parecia estar no tema da maternidade, o que devia estar incomodando a todos nós, mas ninguém se levantava, ninguém ria e ninguém chorava.

Uma aranha alimenta seus filhotes muitos dias com a própria comida, a comida que ela tira da barriga sem nem aproveitar. Só que depois, pra que os filhos fiquem de fato muito grandes e fortes, ela abre todos os braços e se entrega aos filhotes que devoram a mãe aranha, pedaço por pedaço, e ela vai morrendo feliz, porque ela sabe que agora sim eles têm tudo, eles precisam dela desse jeito, morta e digerida.

Tem também um pequenininho, o piolho do mar, e a mamãe piolho do mar também tem uma história difícil. Quando vão nascer, os filhos começam a comer a mãe, por dentro, mordem e rasgam e engolem cada camada da mãe até que ela já não exista e, então, eles nasceram.

Daí chegou o Polvo Gigante do Pacífico. A mãe Polvo Gigante do Pacífico fica muitos meses do lado dos ovos. Ela precisa passar os tentáculos o tempo todo em volta deles acho que pra circular a água e impedir que se encham de algas. Mas isso toma todos os segundos do dia e ela não pode ir atrás de comida, nem por um minuto. Algumas têm tanta fome que chegam a comer um dos braços. Depois de meio ano ali na toca, acariciando os ovos, sem comer, finalmente ela vê nascerem os primeiros filhos, e no seu último suspiro ajuda a nadarem na direção certa, e cai morta, exausta, os cem mil ovos abrindo por cima.

Quando eu assisto com meus pais alguma coisa constrangedora, fico imaginando o que eles estão pensando, e dessa vez eu fiquei sem saber se a minha mãe estava pensando que meu deus quanta coisa ela fez por mim e quanto desgaste e quanta fome e corrreria e brigas só pra que eu fizesse o básico que era o cocô, o sono e a respiração, ou se, ao contrário, ela sentia que estava em dívida comigo, porque eu nunca mais comi nenhum pedaço dela desde que nasci, nem ela ficou do meu lado tanto tempo e sem descansar jamais a ponto de cair de fome.

O conhecimento talvez não seja a melhor coisa do mundo, já não sei se quero tanto assim. Lembrei que quando eu aprendi a ler entrei em desespero, porque descobri que não era mais possível olhar as palavras sem ler. Tentei muitas vezes, queria de volta os desenhos-letras jogados pelas ruas. Letreiros e placas e avisos, foi uma lição sem volta. Tudo o que as palavras dissessem me tornei obrigada a ouvir. Fico pensando quantas coisas não vou poder nunca mais deixar de saber.

Não imaginava que um programa sobre bichos pudesse deixar a gente assim, tão chateado, tão travado no sofá, ninguém dizendo nada, nem que ia ficar tudo bem, nem que tudo precisava acabar, o programa terminou, a musiquinha de aventuras parou e a gente ficou ali azulado em silêncio um tempão e eu pensei que se a gente esticasse pra frente os nossos braços e balançássemos teríamos oito tentáculos gigantes.

TRINTA E SEIS

Em outros tempos seria um caderninho despegando folhas, um manuscrito. Meu pai estaria sacudindo o manuscrito pela sala, batendo com ele nos móveis enquanto minha mãe tentava salvar a obra das mãos do rei raivoso, e o Leonardo – que talvez não tenha precisamente um papel nesses "outros tempos" –, que mal tinha retornado da briga que eles encerraram vendo como a natureza massacra suas mães, enfim, o Leo estava ali de volta tentando persuadir meu pai a ficar calmo, o que é um papel muito idiota porque ninguém fica calmo quando pedimos isso, e meu pai estaria ali esbravejando com o manuscrito, talvez mandasse cortar minha cabeça enquanto a rainha se deitasse no chão e implorasse que a filha fosse poupada, e o Leo arrumaria um jeito de me ajudar a fugir.

Mas não existe manuscrito, este livro sempre esteve no computador, então o que o meu pai sacode na sala são as mãos vazias, num símbolo de quem arremessa um manuscrito pela janela. Tentando resolver a crise anterior ligada aos idiotas da minha escola eles devem ter mexido nos meus arquivos – o que em outros tempos seria um baú, eles mexeram no meu baú inteiro e não foi difícil achar este manuscrito – e aparentemente este livro era um absurdo que doía do começo ao fim.

Minha mãe argumentava que eu não ia mostrar pra ninguém e que ele devia se orgulhar do que eu vinha fazendo, o que também ia me desmanchando inteira no quarto porque é óbvio que eu ia mostrar, eu estava escrevendo este livro justamente para o mundo inteiro ler quando eu fosse escritora.

Daí ele gritava de volta que as coisas já estavam difíceis e eu ainda por cima vinha mostrando "tudo isso" para a professora, mas ele não sabia que desde que tive de começar a narrar sobre os moleques da minha sala eu parei de mostrar pra professora porque fiquei com medo de ela tomar alguma medida daquelas que os adultos tomam nessas situações e só deixam as coisas muito piores. Ou talvez pode ser que eu não queria a ajuda da professora porque eu tinha medo do silêncio e do vazio que ficava quando passavam muitos dias sem que se reunissem todos os meninos em volta de mim rindo e gritando e esticando mãos que talvez me puxassem o cabelo ou me empurrassem, mas essa parte nem estava escrita ainda neste livro então meu pai não precisava ficar tão enlouquecido.

O Leo dizia que meu pai estava tratando a situação como se meu livro tivesse caído numa editora e estivesse sendo publicado e distribuído em todo o país, o que era uma imagem que me agradava muito, só que ao contrário, porque ele dizia meio entre risos, justamente pra mostrar que minha situação era o oposto disso, que era um diário de uma criança que não ia sair de um computador antigo que funciona mal e que tem a senha da internet bloqueada porque só os adultos podem publicar seus descuidos.

Ficou um silêncio e eu ouvia meu pai chorando, junto com mais um choro que devia ser da minha mãe. Eles pareciam muito cansados. Meu livro deixou meu pai arrasado, e eu comecei a reler desesperadamente, com os olhos dele, procurando cada coisa que eu podia ter retratado muito mal e ofensivamente, e tinha mesmo algumas, mas não era pra chorar assim, e demorou uns minutos pra eu sentir algo muito ruim que eu nunca tinha sentido: eles estavam com vergonha do que eu considerava ser a minha obra.

Vergonha daquilo que o ano inteiro eu fiquei escrevendo imaginando o momento de encanto em que ia mostrar pra eles e ficariam chocados com o meu talento surpresa, e iam ler os três no sofá, dando risada e se abraçando, como se fosse um filme da própria vida que as pessoas assistem juntas relembrando aquele dia, e aquele outro. E iam comentar nossa, como ela pensou tudo isso sozinha, e de repente a imagem que eu tinha do livro, e do futuro do livro e do meu futuro, e do meu presente, tudo caiu, era só vergonha, eu trazia vergonha, e como é que eu não tinha pensado nisso, se eles não queriam explicar pra ninguém que tinham meio que casado com o Leo, como eu achava que podia escrever sobre isso, e eu concluí que era necessário apagar tudo o quanto antes porque enquanto não fosse deletado este livro seria uma vergonha e uma dor pra minha família, que preferia-que-eu-não-existisse.

Eu não vivi muita coisa desde então, mas por enquanto dá pra dizer que foi a maior dor da minha vida. Era isso, escrevi um livro que é o motivo de completa vergonha e rejeição pros meus únicos possíveis leitores, que eu achava que iam se empolgar tanto que lutariam por mim nas editoras, daí parece que a imagem desse manuscrito que não existe e que é um arquivo facilmente apagável vira um monstro, uma coisa malfeita que fede na sala, e como isso era tudo que eu tinha gostado de fazer no ano inteiro, eu tive vontade de pular da janela sem guarda-chuva nenhum pra eles ficarem condenados a ler meu livro centenas de vezes chorando pro resto da vida.

Meia hora depois, eles ainda discutindo, não só pela vergonha da história, mas também por preocupações muito grandiosas sobre os meus pensamentos de guarda-chuva e respirações para controlar a morte, aí já era outra a minha vontade, era de chegar na sala e gritar mais alto, gritar que eles são ridículos, que eles não respeitam a literatura, mas só de imaginar essa frase eu já consegui supor que meu pai responderia que aquilo não é literatura, aquilo sou eu expondo a vida dele, e ele diria que Literatura não é isso, e diria só pra me deixar sem literatura nenhuma porque ele não saberia colocar nenhuma outra no lugar, eu ouvia agora ele lendo alto uns trechos, mas não com o encanto que eu tinha sonhado, era com uma voz que piora o que é dito, e minha mãe se emocionava talvez por causa do que era lido e não pelo fato de eu ter escrito, o que são coisas diferentes que meu pai não entendia, meu pai estava surdo de vergonha.

Era pior do que se o dia do cocô entalado tivesse sido resolvido ali na sala na frente das visitas e as minhas entranhas tivessem ficado reviradas sujando o sofá e não tivesse como tirar dali, nunca mais. Percebi que cada página minha não valia mais que um cocô entalado.

O Leo tentava lembrar que eu tinha escrito como um livro, então todo o mundo sabe que tem exagero e que nem tudo é muito verdade, a minha mãe concordou, mas depois comentou que até o detalhe da minha porta emperrada e da camisola do Mickey no hospital tinham entrado na história.

Fui até a sala e encontrei seis olhinhos de repulsa, meu pai ainda dizia que aquilo não era um livro, era um *compêndio de vergonhas*, e insistia no absurdo de a professora estar lendo isso. Eu só fui caminhando quieta chupando o choro pelo nariz até me sentar na frente do computador enquanto eles me olhavam em silêncio, fechei o arquivo, depois fui movendo bem devagar até o ícone da lixeira, e era preciso que fosse mais ou menos devagar porque eu estava sentindo bastante falta do que, nos outros tempos, seria eu arrancando o caderno da mão do meu pai, depois começando a arrancar página por página, até que alguém me interrompesse e salvasse o livro, então era preciso arrastar o ícone até a lixeira bem lentamente, já contando com o fato de que os três sabiam que depois ainda é preciso excluir *definitivamente* da própria lixeira, o que já carrega esse termo *definitivamente* no próprio botão, então primeiro eu excluí tudo sem que ninguém dissesse nada, e eu chorei mais, porque talvez ninguém, ninguém fosse fazer nada porque o problema estava sendo resolvido da maneira mais fácil possível, e quando enfim eu abri a lixeira e eles viram que eu ia excluir de vez, o que talvez equivalesse ao arremesso dramático do manuscrito na lareira acesa, os três gritaram e seguraram a minha mão, os três, inclusive meu pai.

TRINTA E SETE

Se você fosse uma casa, como você seria. Perguntava o questionário do Leo. Pequena. Bem pequena, com portas cor-de-rosa. Eu seria de madeira, uma madeira bem leve, e todo mundo passaria perto e diria Nossa que casinha mais frágil.

De vez em quando, passariam perto de mim pra ter certeza de que eu ainda estava ali, que o vento não tinha me derrubado, de tão pequena e frágil e cor-de-rosa. Eu teria um jardim e um balanço, e as outras casas muito grandes e brutas me invejariam. E quando tivesse uma festa de aniversário em mim, as crianças todas segurariam balões de gás pelas janelas, e eu ficaria toda colorida, e se tivesse crianças demais, com dois balões cada uma, bem devagarzinho, eu sairia voando.

Eu de verdade e minha casa de verdade não somos nada assim, meu apartamento tem a parede muito grossa, e úmida, eu sou imensa e forte, ninguém vem ver como eu estou, nem quando tem muitos meninos em volta de mim dizendo absurdos, nem quando minha família praticamente decreta que a única coisa que fiz de legal o ano todo é apenas uma brincadeira, perigosa, ofensiva, e que precisa permanecer guardada.

Fiquei ali olhando a tela do computador, meu livro simbolicamente dentro da lixeira, e os três em silêncio depois do grito que evitou o fim de tudo – eles pensam, porque eu jamais apagaria, eu acho, só seria mais humilhada interrompendo sozinha. Um grito que não tinha explicação, já que eles tinham detestado tanto. Por que não apagar?

Meu pai começa dizendo que é porque eu vou gostar de reler quando crescer.

Daí me vi crescendo, os anos passando, este e outros livros não sendo nada além de algo para eu guardar para mim mesma já crescida e não-escritora, para reler e dar risada ou me encantar com os tempos antigos e supostamente bons da minha infância querida, eu que terei crescido que nem um apartamento-grosso, e velho, e cheio de umidades, sem delicadezas nem balões coloridos, ninguém passa pra conferir se o vento não me levou porque sou inteira sólida. Acho que vem daí a palavra solidão, pessoas tão sólidas que ninguém vem checar se estão desabando.

Continua o silêncio, quatro cabecinhas baixas numa sala quente e mal iluminada. Minha mãe diz que apagando umas coisas e mudando outras vai ficar tudo bem.

E daí o Leo finalmente encontra o papel que lhe cairia bem em outros tempos, os tempos do manuscrito e do Rei revoltado agitando o manuscrito, talvez em pergaminho.

– Porque nunca, nunca, nunca se faz isso.

Perguntei Isso o quê, mas eu sabia que era apagar, nunca se apaga nada assim, mas minha pergunta arruinou o tom filosófico do Leo.

– Só por isso?

– E porque a gente prefere que você exista.

O Leo tinha lido mesmo, lido de verdade. Ou talvez só tivesse acabado de passar os olhos nos últimos capítulos, não sei. De repente ele saiu dali, e entrou no quarto. Jogou uma mochila no chão e começou a enfiar coisas nela.

Impressionante como as pessoas fazem malas e vão embora, eu fico me perguntando se quando eu for alguém em condição de fazer as malas e ir embora eu vou usar desse artifício tantas vezes, é mais ou menos igual quando as crianças dizem que vão contar pra mãe, é um argumento final, acabou a discussão, estou fazendo as malas, nada ganha do fazer as malas. O Leo mal tinha voltado direito da última briga, e já tinha caído em outra com todo um livro vexaminoso pra lidar, e agora estava fazendo as malas.

TRINTA E OITO

Pronto, já fiz o suspensezinho que a professora me ensinou, e que na verdade foi um suspense real que durou cerca de três minutos até o Leo começar a enfiar na mochila também coisas do meu pai e da minha mãe, e depois me mandou buscar as minhas, e disse Vamos à praia.

Praia pra lavar problema é outra mania curiosa das pessoas e eu fico me perguntando se quando eu puder fazer isso, também vou de repente à praia cada vez que surgir um problema pesado.

E eu sempre quero ir pra praia, mas meus pais são meio hippies às vezes, não pensam em confortos físicos, a canga fica pequena pra todos sentarem, não tem ducha e a gente volta grudado e salgado colando o cabelo no vidro do carro, fico com sede e a água esquentou, acaba o dinheiro na hora do meu pastel. Enfim.

Mas daí o Leo além de levar uma canga imensa levou a sanfona e um monte de gente foi querendo sentar mais ou menos perto, fingindo que era sem querer, mas logo cantando junto e tudo o mais, a tarde foi ficando bonita mesmo.

Foi um dia de praia bastante estranho. Tinha pouco sol, ninguém se falava, só o Leo cantava, ou tentava falar comigo. Foi uma tarde sem conversa. Minha mãe colocou a mão em cima da mão do meu pai, que parecia muito triste e confuso. Eu não quis entrar no mar, pra não ter que voltar grudada.

Mas o Leo entrou com meus pais e fiquei cuidando das coisas. Quando eu cuido das coisas eles me mandam prestar muita atenção porque às vezes passa alguém correndo e leva.

Prestei metade de atenção, a outra metade olhei pro mar. Minha mãe sorriu um pouco, abraçou o Leo. Mas era um mar triste, tudo meio lento. Tinha acontecido alguma coisa que o mar tinha cuspido pra fora muitos peixes mortos, de vários tamanhos, o moço do milho falou que às vezes acontecia mesmo, e os urubus estavam loucos, tinha milhares, comendo sem parar. Daí as gaivotas ficavam olhando, futucando, testando, procurando, daí saíam meio frustradas.

Quando todos voltaram do mar perguntei pro Leo por que as gaivotas não estavam comendo muito, que nem os urubus.

– Acho que elas não gostam de comer peixe que já morreu há um tempo.

– E por que aquela está sacudindo o peixe morto sem parar?

Ele mesmo sacudiu bem forte o cabelo e caiu muita água salgada em mim.

– Quem sabe é pra fingir pra si mesma que ele ainda está vivo e poder comer.

Achei aquilo tristíssimo.

Era um dia triste, numa praia triste, sem sol, com uma multidão de peixes mortos e gaivotas famintas porque chegaram muito tempo depois da morte. Era quase tão triste quanto alguém precisar passar correndo na praia pra levar as minhas coisas, feito um urubu voando com os peixes.

O Leo sentou ali e ficou molhando a canga com a sunga. Perguntou se eu sabia que eu também podia escrever um livro sobre histórias inventadas. Imaginar uma coisa que não aconteceu, inventar pessoas. Eu disse que sim, mas só quando eu fosse escritora. Ele falou que eu podia fazer isso também, e que eu podia fazer isso a vida inteira e que seria ótimo, e que as duas coisas acontecem ao mesmo tempo, escrever e ser escritora, mas nessa parte eu não acreditei. Falou que eu também podia colocar verdades no meio se eu quisesse, ele não ligava. Meus pais estavam ouvindo e não disseram nada. Meus pais não gostam de comer histórias se elas ainda não estão mortas.

TRINTA E NOVE

Daí, na segunda-feira seguinte antes da aula passei na loja de velhos com a vizinha que não gosta de sexo e deveria estar na aula mas estava ali comigo porque ela é assim, rebelde. Eu morro de medo de perder aula e ela ali, parada do meu lado.

Achei bacana levar a vizinha na minha loja, ela disse que estava com muita dor nas costas de tanto estudar, achei isso difícil de acreditar mas meu pai mostrou pra ela um corretor postural, falou que pode ajudar, pra ela parar de ficar com os ombros pra frente. A vizinha tem os ombros bem murchos, caídos.

Ela perguntou baixinho se tudo bem meu pai com minha mãe na loja, se eles ainda se davam. Falei que era mentira minha, que eles nunca se separaram e que eles namoravam o Leo juntos. Ela ajeitou a postura e mordeu uma maçã que eu não faço ideia de onde ela tirou. Não comprou o corretor postural, falou que era caro e que ela ia se ajeitar sozinha. Mas até chegarmos em casa ela já tinha murchado os ombros.

– Você não quer andar até o meu colégio comigo?

Ela não disse nada, só seguiu andando. Insisti. Ela perguntou pra quê.

– Nada...

Estava quente e mesmo assim ela continuou andando comigo, fiquei muito animada. Quando a gente chegou fiquei procurando alguém da minha sala pra me ver chegando com ela, mas não tinha ninguém, tentei dar um tempo.

– Não quer fumar um cigarro?

Ela riu. E me mandou ir logo pra aula. A vizinha é bastante triste e a mãe dela parece maluca e o pai dela sumiu, eu queria que ela fosse mais feliz.

– Agora que eu tenho dois pais você pode levar um de vez em quando. O Leo toca sanfona.

– Eu ouvi, outro dia. Lá de casa.

– Eu te chamo da próxima vez.

– Deixa pra lá...

– Chamo sim, um dia que tiver bolo.

– Vai pra aula, vai.

Eu queria que ela me dissesse tchau com um cumprimento no rosto, mas ela não se mexeu. O Carlos chegou e entrou direto.

– Aquele era o Carlos!

– Quem?

– O menino que eu tentei beijar... Ele viu a gente.

– Ah, puxa, agora tá de costas. Você tem de gostar de uns meninos mais velhos. Olha o seu tamanho. Moleque é foda.

Subi. Fiquei esperando meu nome na chamada. Demora. Maria Carmem. Dessa vez não riram nem disseram nada. Daí vem o vazio.

Pedi a borracha pro Carlos. Usei e taquei de volta nele, e ele achou engraçado.

Eu acho que a história do tapa foi meio pesada e abalou os que não eram animais. No fim da aula, ele me entregou um pedaço de papel com uma rosa de compasso desenhada. Eu adoro rosa de compasso, a minha é sempre torta porque meu compasso tem o parafuso frouxo. Embaixo da rosa estava escrito FRIENDS.

Achei brega, uma graça. De fato um pouco bicha, talvez. Será que bicha era isso. Gostei ainda mais dele. Talvez a gente ainda possa ter um carro e viajar nele nós dois.

Agora assim nesse momento esse ano longo que durou um milhão de anos enfim acabou e eu passei da marca dos 12 anos, o que não mudou muita coisa em volta de mim, mas trouxe um conforto, talvez um conforto dos números pares. Eu ainda não mudei de escola. Será que o Carlos gosta mesmo de meninos. Se eu pudesse escolher acho que gostaria de menina, gostaria da vizinha. Ou não. Ainda me parece que vou gostar de quem primeiro me escolher. Minha mãe leu esse trecho e rabiscou, ela escreveu num canto em caneta vermelha que enquanto eu pensar assim é porque ainda estou no banho-maria, e depois vou sair muito forte, bem Maria Carmem. Começo a gostar deste banho.

QUARENTA

Eles foram chegando e me encontrando deitada no tapete da sala, que tá fazendo deitada aí, os três perguntaram, um de cada vez, conforme foram chegando, mas daí foram deitando do meu lado no tapete, um a um, até estarmos os quatro no chão olhando o teto e a janela com a luz do fim da tarde e uma garoa, cabeça de um no quadril ou ombro do outro, ficamos ali assim.

O Leo perguntou se eu já tinha decidido como vai terminar meu livro. Eu não sabia que podíamos falar desse assunto mas ele pareceu me perguntar com bastante segurança e ninguém reagiu mal.

Eu não sabia terminar, esperava acontecer alguma coisa incrível na minha vida e isso poria um fim em tudo, mas até então o mais incrível era a rosa de compasso do Carlos.

Lembrei o que o Leo falou sobre ficção. Eu podia inventar.

– Como você acha que tinha de acabar, pai?

Perguntei de propósito porque eu achava que ele ia tossir, e levantar e não responder, mas ele estava um doce. Os adultos às vezes se trancam e resolvem as coisas sozinhos, quando não fazem as malas ou vão à praia, ou quando fazem todas essas coisas juntas.

– Acho que o pai e a mãe e o namorado tinham de ir na escola da filha, e se apresentar em sala, e conversar com as crianças, tocar sanfona, mostrar aparelhos para velhos, até todo mundo gostar tanto deles que fica tudo bem.

Meu pai não é muito bom em ficção.

Falei que o melhor final era a menina mudar de escola. Eles riram.

O Leo falou que a mãe fica grávida e o bebê vai ter dois pais, e minha mãe disse deus me livre, e riu muito, achei triste ela rir assim, porque a ideia tinha me parecido boa.

– Já sei, eu faço logo 13 anos e arrumo um namorado e ele vem morar aqui com a gente também! Fim.

Todos dizem um não bem longo e cansado.

– Então eles fazem uma festa de casamento os três, dançam coreografia do *Livin' La Vida Loca*, e todos os meus colegas vão na festa e gostam muito.

– Ou então esse livro é descoberto por uma diretora americana que faz um filme!

– Isso, e todos os meus colegas vão ver! E os professores. Na pré-estreia eu faço um discurso, de bota branca.

O Leo segurou a minha mão, assim de leve, como que pra eu prestar muita atenção, depois falou bem devagar e solene, do jeito que ele fala quando acha que está dizendo algo ótimo, e às vezes está mesmo – ou pode ser o jeito devagar e cerimonioso como ele diz, que me confunde e faz parecer genial.

– O livro podia acabar desse jeito. Nós quatro no tapete, deitados assim. Sugerindo maneiras de acabar o livro.

Houve um breve silêncio em que parece que todos amaram a ideia, mas eu não gostei, ainda mais agora que o próprio Leo tinha me explicado ficção e eu podia inventar tudo.

– Ah não. Assim parece que eu não soube terminar o livro. E parece também que ninguém aqui sabe como quer que a nossa história de fato continue.

Eles pensam um pouco, e comentam que, de fato, não sabem, ninguém sabe. A gente nunca sabe, Maria Carmem.

– Tá vendo, Carmelina, no fim das contas estamos todos no banho-maria.

Nesse momento a diretora americana do meu superfilme vai tirando a câmera devagar, e vai mostrando a sala, cada vez mais, e a gente vai ficando menorzinho lá embaixo no chão. Começam a subir os créditos com o meu nome (Maria Carmem Rosário) e toca uma música que não é boba mas também não é do tipo que favorece a morte.

THE END

Dados Internacionais de Catalogação na Publicação (CIP)
de acordo com ISBD

C313s
    Carrara, Mariana Salomão
    Se deus me chamar não vou: Mariana Salomão Carrara
    2ª ed. São Paulo: Editora Nós, 2024
    160 pp.

ISBN 978-65-85832-38-0

1. Literatura brasileira. 2. Romance. I. Título.
2024-779 / CDD 869.89923 / CDU 821.134.3(81)-31

Elaborado por Odilio Hilario Moreira Junior – CRB-8/9949

Índices para catálogo sistemático:
1. Literatura brasileira: Romance 869.89923
2. Literatura brasileira: Romance 821.134.3(81)-31

© Editora Nós, 2019

Direção editorial SIMONE PAULINO
Editor SCHNEIDER CARPEGGIANI
Editora-assistente MARIANA CORREIA SANTOS
Assistente editorial GABRIEL PAULINO
Projeto gráfico BLOCO GRÁFICO
Assistente de design STEPHANIE Y. SHU
Preparação LUISA TIEPPO
Revisão JORGE RIBEIRO
Produção gráfica MARINA AMBRASAS
Assistente comercial LIGIA CARLA DE OLIVEIRA
Assistente administrativa CAMILA MIRANDA PEREIRA

Imagem de capa CRISTINA CANALE
[*Partes*, 2012, 210 × 160 cm, acrílica e óleo sobre tela, propriedade particular]
Reprodução fotográfica: UWE Walter

2ª edição, 2024
3ª reimpressão, agosto de 2025

Todos os direitos desta edição reservados à Editora Nós
Rua Purpurina, 198, cj 21
Vila Madalena, São Paulo, SP | CEP 05435-030
www.editoranos.com.br

Fonte TIEMPOS
Papel PÓLEN NATURAL 80 g/m²
Impressão DOCUPRINT